Helen Vendler

Helen Vendler

Coming of Age as a Poet

诗人的成年

弥尔顿 济慈 艾略特 普拉斯

[美] 海伦 · 文德勒 著
周 瓒 译

广西师范大学出版社
· 桂林 ·

献给乔治和乔安娜，慷慨的友人

For George and Joanna, generous friends

致　谢

《诗人的成年》四章中有三章最初发表在阿伯丁大学的“詹姆斯·默里·布朗讲座”(James Murray Brown Lectures)上。我感谢乔治·沃特森(George Watson)教授邀请我前往阿伯丁大学,感谢他和他妻子乔安娜(Joanna)在我驻留期间对我的热情款待与友爱;感谢校长邓肯·莱斯(Duncan Rice)和系主任格雷姆·罗伯茨(Graeme Roberts),让我不止一次感受到他们的盛情;也感谢汤姆·迪瓦恩(Tom Devine)教授向我慷慨介绍了他的爱尔兰与苏格兰研究所的工作;感谢我的朋友玛丽安·康纳(Marian Connor)在阿伯丁陪伴我。哈佛大学英语系劳伦斯·比尔(Lawrence Buell)教授和哈佛大学校长尼尔·鲁登斯坦(Neil Rudenstine)在我写作本书的过程中馈赠我一学期半工半薪病休;在灰心丧气的时期,他们的关心给了我安慰。我还要感谢联合学院的露丝·史蒂文森(Ruth Stevenson)教授阅读了本书部分章节的草稿并给出了有益的评论;感谢我无与伦比的编辑——哈佛大学出版社的马格莱塔·富尔顿(Margaretta Fulton),是她敦促我把阿伯丁的讲座稿整理成书,读完初稿后她提议增加一些内容,答复各种问题;她总是耐心地对待我的拖延。

作者说明

我将这本书中的文献运用保持在最低限度，若对所论著名诗作的批评文章进行全面引用，会使这几篇简洁的论文不堪重负。我用“'d”标示“ed”，以提醒现代读者注意那些出现在弥尔顿和济慈诗中的相关动词，需要把这个“ed”发音读出来（这对诗的节奏非常重要）。在阐述广义上的“诗人”（the poet）时，我会采用“他”（he）来作为通用的指称，同时运用于弥尔顿、济慈和艾略特的评论章节里，而在普拉斯的那一章则采用“她”（she）；但是我想我的通用指称适用于两种性别。

目 录

引　言

在本书四篇论文里，我分别考察一位年轻诗人，考 1
察他们写出第一首“完美”诗歌之前必须完成的作品，而这首完美之作第一次完全成功地展现了一种明晰连贯的个人风格。对这位年轻作者而言，探索一种风格具有难以形容的紧迫感；在美学层面上，它类似于个人对身份认同的心理寻求，亦即寻求一种本真的自我以及展现它的合适手段。人类对认同的寻求被盲目引导；我们发现，作为青少年，我们经受过令人费解的，一系列显然随机的偏好、厌恶、迷途和逃避。我们那时并不知道，为何我们的感觉会在莫名冲动、悲伤和赞美的波浪中四处飘忽，只是后来我们才可能准备好，像华兹华斯一样，承认身份认同的形成方式有多么奇妙：

多么奇妙啊所有

恐惧，痛苦，和早年的困厄，
遗憾，烦恼，怠惰，全都混合
在我心灵中，我本该承担的部分，
也是必要的部分，以组成
这属于我的平静生命，当我
无愧于我自身！

（1850《序曲》，I，344–350）①

How strange that all
The terrors, pains, and early miseries,
Regrets, vexations, lassitudes, interfused
Within my mind, should e'er have borne a part,
And that a needful part, in making up
The calm existence that is mine when I
Am worthy of myself!

2 华兹华斯从早年的困苦、遗憾和恐惧中，觉醒为一个成

---

① 威廉·华兹华斯（William Wordsworth，1770–1850）的长诗《序曲，或一位诗人的成长》，写于1798–1805年间，共十四卷，1850年7月出版，中文译本由丁宏为译成，中国对外翻译出版公司1999年出版。（本书脚注为译者注，下同，不另标出）

年人，追寻一种宁静的存在，这种存在源于自我的自觉意识，不再被年轻人的情感变迁所惑。

在这段引诗中，华兹华斯细述了人类个体形成的正常过程。但对一个青年作者而言，其利害关系是双重的。年轻作者不可能不依赖风格的持续演化而追求一种朝向成人期的演进。找到一种个人风格，对于作家来说，即意味着成年。在风格形成的过程中很多东西是无意识发生的：在随意与有指向的阅读中，青年诗人不知不觉被一些前辈吸引，而发现另一些乏味无趣，对那些不久将会被发现的人毫无察觉，排斥一些他们觉得毫无魅力的前辈。但一位诗人的终极风格，一部分则是被挑选的（通常是对可获得的话语的反叛），譬如：写风景而非写人；诉诸神话或相反；在一个封闭的逻辑形式内操作，抑或更直觉化地变动；接近或偏离大众化；个人化或非个人化写作；安栖于即将变成习惯的明确的形式或诗节；等等。

我们将见识四位寻求风格的年轻作者：约翰·弥尔顿、约翰·济慈、T. S. 艾略特和西尔维娅·普拉斯。细察这几位诗人写下的第一首“完美”诗作，我之所以视之为“完美”，因为这些诗富有信心和控制力，以及首要的——放松，作为诗人，每个人都迎来了他们的成年。我称这些诗为“完美”，因为它们以令人难忘的诗行发声，显示了一种明晰而安排得当的独特风格；人们不希望它们是别的样子。这样一首诗是读者能认出“弥尔顿式的”或“济慈式的”的那种诗：亦即，这种风格显然是延续的，至少部分延续至这个诗人后来的作品中。那是一首即将在诗人全部作品中成为典范的诗作：它的想象力如此独特而深刻，技艺又如此与其雄心相匹，在需要介绍这位作者的早期作品时，一位选集编者或教师很可能挑选它，而更年轻的诗人往往会为了他们自己的目的而逮住它——从模仿到戏仿，但都反
3 映了创造性的吸收。我选择四首诗——《快乐的人》、《初读查普曼译荷马》、《J. 阿尔弗雷德·普鲁弗洛克的情歌》和《巨像》，尽管它们创作于几位作者的青年时期，却展现了文学的持久力。（为了提升我们对于诗人在寻找一种成年风格时发现的感觉，我有时会把这些早期“完美”的努力，与完成度不足的，或之前的令人难为情之作，或更“进步的”后来之作做对照。）

我着手于此项主题，部分原因是人们普遍相信，任何写下的非齐行排列的文字都有理由被称为诗。从最广

义——即韵文(verse)与散文(prose)的区分——上来讲,的确如此。但是,在其最充分的意义上,若要获得"诗"之标签,这个韵文片段必须达到近乎超人的完成度。它是一位作者的产品,这位作者无论多年轻,都已经在诗歌里度过了一段紧张(而成功)的自我学徒期。这正是爱默生深以为然的事实,在回应惠特曼送的礼物《草叶集》时,他推想在那卷诗集中,那些充分完成的诗歌是经历了一个"长长前景"的结果。(瞥一眼青年惠特曼《草叶集》之前的散文与诗歌,即可确认爱默生直觉的精准。)这种创作上先于一位作家最佳早期作品的长长前景,通常是有迹可循的(正如在济慈、艾略特和普拉斯那里一样),而有时候它在很大程度上是缺失的。我们知道,比如弥尔顿,历时数年锤炼其艺术,恰好在写出他最早的现存诗歌之前。弥尔顿在十二岁之前,与导师交换拉丁语和希腊语的诗歌;而在十六岁离开圣保罗学校(St. Paul's School)之前,据他的兄弟克里斯托弗称,弥尔顿创作了"许多诗稿:或许使得他很好地进入更成熟的年纪"。[1]而所有这些诗作都失传了。

诗人学徒期的履历经常被读者忽略,这些读者只是在诗歌选集或选本中读到诗人成功的诗作,因此那些不可或缺的探索性的学习和实验过程可能会从视野中消失。而如果缺乏在诗歌方面的学院训练，新的读者往往觉得很难将想象力和语言都很出众的诗与那些伪装成自由诗(free verse)的胡乱分行的散文区分开来。在这里，我希望展现出，对于少数青年少作的尊重
4 (所有诗都写于作家们二十多岁时)优先于任何著名诗作的创作，这些少作显示了他们私密、热烈乃至英雄般的努力和忍耐。创作中的艺术家赖以为生的这类孤独之作——它在内在紧张下的耐心，它对自身必然性的信念——都被艾米莉·狄金森[①]简练地描述过了：

每个——它艰难的目标
必须实现——它自己——
通过默默一生的

① 艾米莉·狄金森的这首诗共四节，此处，文德勒引用了后三节。第一节原文及译文为：

Growth of Man — Like Growth of Nature — [人的生长——如自然的生长——
Gravitate within — [重力作用其间——
Atmosphere, and Sun endorse it — [大气，和阳光支持它——
But it stir — alone — [而它跃动——独自地——

孤独的勇毅——

努力——是唯一的条件——
对自己的耐心——
对反对之力的耐心——
以及完好的信念——

旁观——是它的观众的
专长——
但业务——被不赞同者
所协助——[2]

Each — its difficult idea
Must achieve — Itself —
Through the solitary prowess
Of a Silent Life —

Effort — is the sole condition —
Patience of Itself —
Patience of opposing forces —
And intact Belief —

Looking on — is the Department
Of its Audience —
But Transaction — is assisted
By no Countenance —

“观众”和“赞同者”稍后才来，并由此给予诗歌声名。但是“艰难的目标”和“孤独的勇毅”首先光顾这寂静的房间。

这位青年诗人需要在风格上取得怎样的发现呢？
他需要习得一种支配性的风格规范（细致到技艺最微
小的细节）；伴随着对抒情诗媒介的这种意识而来的，
是心理上逐渐察觉到那些关乎精确表达内在情绪和态
度的难题。诗人也需要识别外在感觉世界的突出元
素，这个外在世界肯定了他别具一格的想象力；设计他
本人独有的时空轴；决定将居于其作品之中的生物或
非生物；并且最终找到一种令人信服的宇宙学或形而
5 上学的存在框架，在此框架内，这首诗的活动能够发
生。让我稍稍谈论一下这些风格实验中的每一种。

首先，正如我已谈到的，在早年试验期间，诗人即已获得各种直观的技术发现。年轻的诗人同时（通常

不太坚定地）在许多方面大步前进，学习如何明敏地使用声音（音节、词语、短语和诗行的声音）；节奏（抑扬格和扬抑格，四音步诗行和五音步诗行，词间顿与断行，语调与措辞）；句法（包括个人独特的句型）；以及更大的形式单元，例如诗节与十四行体。[3]为了创造出听上去像是一种个人自我的声音（一种可以变化而且也确实在变化的自我，从心理学层面看，甚至每分每刻都变化），年轻的诗人会集中于技艺的磨炼——改变、改进和偏移已经学会的事物，发明新的途径。直到其中一些技巧开始（经过多次重复之后）本能地起作用，年轻的诗人才有机会写出一首出色的诗。诗人还需要学习掌握风格动机的连贯性和合理性：一首诗不能在态度和态度间、声调和声调间失控地偏离方向。诗人必须发现对其不断展开的材料的适宜支配方式，以实践那种风格规范，弥尔顿在《论教育》中把它称为“用来细察的伟大杰作”。[4]

伴随着在语言元素上展开的实验，诗人必须确认并为构成物质宇宙的地理与历史元素的显著存在找到词语，让这个物质宇宙有选择地在他的诗中得以再造，就像华兹华斯发现（地理而言的）群山和村舍以及（历史而言的)法国大革命与恐怖行动,将其作为他内在世界的组成因素。如我们所知,弥尔顿打算成为一名百科全书式的诗人,最终会选择在他再造的世界中囊括神话和地理的空间及神学与历史的时间内所发现的几乎所有一切。这种无止境的容纳对于如乔治·赫伯特这样一位写私密对话的诗人来说大可不必;但是弥尔顿必须找到一种方
6 式,去映照他笔下那种能够触及他独特感性世界的广阔。在他们找到贴合自己感受性的语境材料和抒情主人公[1]之前,青年诗人们所经受的挫折,观察起来往往既滑稽又痛苦,当然,承受起来则更加痛苦。另一方面,一旦得到所需的细节,他们便欣喜若狂:当艾略特在波德莱尔阴冷的都市场景中,准确地找到他需要的物质的卑污,在他的随笔和书信中,兴奋溢于言表。

在开发个人风格的过程中,青年作者们不仅要发明一种精心挑选的有关外部世界的言语拟像,而且还得为他们核心的精神困境找到一整套相应的象征对应物。我们知道,对于弥尔顿而言,是诱惑与美德之间的

---

① 原文(dramatis personae)为拉丁文,意为剧中人,或诗歌、小说中的主人公,用在抒情诗中一般译作抒情主人公。

张力;对于济慈,是感官接受能力和通往“哲理”的艰苦意志之间的矛盾;对于艾略特,是讥刺的反讽和心灵的热望之间的冲突;对于普拉斯,则是“女性特质”(femininity)与一种向往力量的内驱力之间的对抗。第一首“完美”之诗可能只显露内在于人的这种争斗的一半;尽管如此,它所揭示的东西是本真的,而且至少其中的一些将会持续下去。

至此,在我所做的讨论中似乎诗人只倾心于表达对外部世界与内在自我的单一感受,但是通常还有某种更大的共同体在他的诗歌中索求一个声音。即使年轻作者是位抒情诗人,而非史诗诗人或叙事诗人,他也必须采取一种社会立场,一个直面他人的位置。这种立场可能是一种拒绝(依据道德规范,如弥尔顿),一种包容(如在济慈的友情扩展中);或是敏锐但疏远的一种迷恋(如艾略特);或一种家庭控诉(如普拉斯)。谁会生活在青年诗人的社会世界里呢?有时候似乎那个世界只是被血亲占据着(正如在洛威尔的《生活研究》中)或被神祇主宰(如在赫伯特的《圣殿》中)。确定一个人想象性作品中生活的居民,以及此人与那些居民的关系,是正视青年诗人的要务之一。作者们通常只

是在最初可能会弄错这些在心理学上适合被描述的特定居民：弥尔顿曾考虑写作关于英国历史名人的史诗，
7 但是，他发现他的想象力更深地响应着那些有关圣经的叙事。在沉浸于田园牧歌的同时，甚至在理解全部代价之前，济慈就写下了从性爱结合的孤独到社会整体的悲剧的必要通道：

……在一个枝繁叶茂的世界的怀抱
我们安静地栖息，像两颗宝石蜷曲
在珍珠壳的壁龛中。

而我终究能否告别这些快乐呢？
是的，我必须舍弃它们以求
更高尚的生活，我要找到
人类心中的痛苦与冲突……

（《睡与诗》，119–124）

… In the bosom of a leafy world
We rest in silence, like two gems upcurled
In the recesses of a pearly shell.

And can I ever bid these joys farewell?
Yes, I must pass them for a nobler life,
Where I may find the agonies, the strife
Of human hearts ....

然而,济慈直到一八一八年才将一八一六年的这个预言付诸实现,当他将文学忠心从斯宾塞转向莎士比亚。而在去世前,普拉斯已将向外凝视的方向从单一的抒情自我转向家庭群落——但是在她有关家庭的隐喻中(从大西洋巨缆到大屠杀),她已经开始撒出一张更宽广的社会网络。

最终,为了总结这份不断扩大的,需要学习与发明的事物的最小清单,年轻的诗人必须想象一种超越尘世元素、内在冲突和社会关系的世界-宇宙体系,并为其找到一种风格。弥尔顿在此方面因其发明而著称;但是,即使像普拉斯那样困于家庭的诗人,也必须扩展自我,达致一轮统驭的月亮,或达致如这样的诗行所言,“固定的星星统驭一个生命”。① 对于济慈而言(即便是否认),他也必须去描述北极星的坚定,必须通过

① 出自西尔维娅·普拉斯的《词语》一诗。

他所声称的“神圣的季节”，认识到过程与死亡的必然性①；艾略特则朝着旋转着的世界静止的时刻看去，这个世界被俯冲的鸽子所主宰②。

这份通往一个成年诗人身份的风格路径的清单还可以扩展，但提醒读者的话我已说得够多，在诗歌中获得任何标志性的成就之前，一个诗人必须进行多少技
8 术工作、内省和想象性的慎思。当然，当我们熟稔这位作家后来的作品，以后见之明重温它，这第一首“完美”的诗可以被看作某种偏爱之作。不过，我在这里总想放弃这种后见之明，而只期望走得像每一位年轻诗人那样远。我想看到他们在年轻的时候所看到的，当他们设法在一两页间，上升到想象性的力量与审美的轻松。接着他们自然会继续获取更进一步的目的：我们能在弥尔顿那里——当他从《快乐的人》前行至《幽思

① “北极星的坚定”，文德勒此处概指济慈的诗《明亮的星》首句，“明亮的星！我祈求像你一样坚定”。“神圣的季节”出自济慈未完成的长诗《海伯利安》第一部第293行“神圣的季节不能被干扰”。

② “俯冲的鸽子”出自T. S. 艾略特《四个四重奏》“小吉丁”第四首第一节，“俯冲的鸽子/带着炽烈的恐怖火焰/划破长空，那火舌宣告/人涤除罪愆和过错的途径”。（参照张子清译文，略有改动）

的人》——看到那些更庞大的雄心，包括后者有关学习和预言时代的幻象，这在前一首中是没有的。我们能在另一些诗人那里看到一种类似的更大欲望的增升：在济慈那里，是在他准备越过十四行体，写作第一部长诗《恩底弥翁》时；或者在艾略特的构想中，在他的普鲁弗洛克式二人组"你和我"之后，进入《荒原》中各式各样人物出场的场景；而在普拉斯那里，是对她自己早期作品中的"文雅"进行毫不留情的批评修订中。我们这四位诗人在写出第一首"完美"之诗后持续地改变。但是我们在此打住，因为他们每个人都在一个非凡的时刻，达到了如史蒂文斯（在《球状之初始》中）所称的"拉紧最后一环的圆度"①。

在详述中，对于新读者来说，我需要介绍一些学者们熟知的信息，包括熟知的事实与对这些著名诗作的看法。但是，在每个个案中，我希望能为我所处理的诗歌增添些新认识。

在这篇引言中，我完全没有论及诗人如何找到一

---

① 华莱士·史蒂文斯的《球状之初始》（共 12 节）是一首元诗之作，诗人以诗论述了根本之诗、中心之诗和整体之诗的关系，谈论了诗歌艺术之初始形态。文德勒引用的这一行诗出自此诗第 7 节的末句。

个“主题”——抽象观念，或概念，或寓意，而它们会将声音推进为充满激情的言说。一个主题的重要性毋庸置疑；在以下论文中，我会谈论与强力有关的内容，以及在每个个案中造就了这些被选择的诗作的有关概念。在诗人一生中，主题会不断改变。从来不会改变的，是诗人在**每一首**诗中的需要——无论是何主题——即典范性，一种与感觉压力相称的想象的象征对应物，一种匹配的、独创的技艺，安置在时空轴上的突出的尘世元素，社会关系（或由此生发的一种反社会关系）以及在这首诗的活动中隐含的一种形而上学和宇宙学。任何一首“完美之诗”都应展现这些元素中令人信服的
9 一项优势：没有它们，诗的主题就将缺少生机，它的寓意将转瞬即忘。我们作为读者，诗人作为作家，二者都参与了这一必要的信念，即，正是这种急迫的主题驱动着作家。虽如此，但正是写作赋予主题以生命。在这些完美而年轻的词语星群里，它是如何实现的，这是接下来的章节讨论的问题。

注释

[1] Helen Darbishire, *The Early Lives of Milton* (New

York: Barnes and Noble, 1965),10.

[2] *The Poems of Emily Dickinson: Variorum Edition*, ed. R. W. Franklin, 3 Vols. (Cambridge, Mass.: Harvard University Press, 1998).按富兰克林的编号,这是第790首。

[3] 尽管艾略特和普拉斯持续写自由体诗,他们也如本书考量的其他两位诗人一样,都始于写作音步(meter)和韵脚(rhyme)上正规的诗,所以,我的观察设定在那个开端期。

[4] 我会更多谈及风格的不稳定性,联系济慈最早的十四行诗和艾略特《普鲁弗洛克的情歌》中删除的部分,后者以《普鲁弗洛克的失眠症》为题,收录于 *Inventions of the March Hare: Poems 1909-1917*, ed. Christopher Ricks (London: Faber & Faber, 1996)。

一　约翰·弥尔顿：快乐的元素

正是由于《快乐的人》和《幽思的人》总是被人放在 13
一起讨论，所以，我才打算将它们分开对待。① 克林斯·布鲁克斯甚至称它们为一首“双生诗”(double poem)，而后又并称它们为“这首诗”[1]：无论如何，它们都并非那样。显然，它们是单独的两首诗，都于一六四五年印行，因而搅浑了批评界的水，批评界在考察《快乐的人》时，总是仅仅视之为《幽思的人》的一块垫脚石。事实上，《幽思的人》在充分的哲学知识层面，揭示了弥尔顿最终要实现的一个抱负，此即：活着，“直到凭借古老的经验／获得某种预言禀赋”。② 但是在写下这两首姊

① 弥尔顿这两首诗的标题在汉语中有几种译法：殷宝书译作《快乐的人》和《幽思的人》，朱维之译作《愉快的人》和《沉思的人》，赵瑞蕻译作《欢乐颂》和《沉思颂》。本书采用殷宝书先生的译法。

② 引诗出自《幽思的人》。

妹诗篇时，弥尔顿毕竟才二十来岁——一六三一年（他二十四岁）是被普遍接受的写作日期[①]，而在《快乐的人》中，我们发现，年轻的弥尔顿写下这首诗的实际时间，并非他希望的六十多岁。《快乐的人》是他的"现时"之诗，在这首诗中，他找到了他当前的快乐。这也是他首次在扩大一首诗的时间和空间方面，显示出轻松之感的作品，因为扩展性将是他作为诗人的主要才能，故而指出他在何时以及如何第一次恰当地运用了它，是非常有益的。尽管这两首诗在构想时是作为一对作品，而鉴于弥尔顿从未丧失过对辩证的激情，我将《快乐的人》视为弥尔顿的首战大捷，并倾向于认为它正是我所指的他的第一首"完美"之诗。但是，我必须延迟谈论这一核心议题，并分析多数人的看法，即认为

---

① 关于这两首诗的创作时间与先后，评论界说法不一，文德勒这里说到研究界公认的时间是 1631 年，且她认为《快乐的人》作于《幽思的人》之前。马克·帕蒂森（Mark Pattison）认为这两首诗是 1632 年以后创作的，参见《弥尔顿传略》（马克·帕蒂森著，金发燊、颜俊华译）第 27 页，三联书店 1992 年版。中国学者赵瑞蕻在《欢乐颂与沉思颂》中提到，评论界公认这两首诗创作于 1632 年左右，并认定《沉思的人》（《幽思的人》）的创作早于《欢乐的人》（《快乐的人》），参见《欢乐颂与沉思颂》第 64 页，译林出版社 2013 年版。

弥尔顿的第一首大师之作是《基督诞生的早晨》,它也经常被称为《耶诞颂歌》。[2]

在写于《快乐的人》之前的那首《基督诞生的早晨》
中,相较于我们在那对诗中看到的,弥尔顿已经明确尝
试一种更宏大的扩展。在这个意义上,《耶诞颂歌》是
在弥尔顿早期诗歌中最“弥尔顿式”的,但是,它不是一
首没有执行难度的诗。确切地讲,我并不打算称那些
难度为瑕疵,这首诗并没有展现出《快乐的人》那种毫
不费力的轻松。[3]《耶诞颂歌》目标更多,但难以承受它
的抱负。这首诗涉及所有有记录的时代,无论是以古
典术语(从黄金时代到堕落的现在),或是用犹太-基督
教术语(从天使的创造到“最后的审判”之时)所构想 14
的。他也安排了所有的空间,从天堂——那里天使朝
着牧羊人落座的人间唱歌,向下,到达“地下的垂老之
龙”的国度。① 在《耶诞颂歌》中,弥尔顿确认了他的基
本对立之一,即异教徒和犹太-基督教神学观念之间的
对立。《耶诞颂歌》的作者——就像《幽思的人》中的主

① 短语“最后的审判”和“地下的垂老之龙”分别出自《基督诞生的早晨》(《耶诞颂歌》)的第17、18节。

人公——是我们最终会在《失乐园》中认识的那个充分展示了力量的弥尔顿。而令我们颇为震动的是,我们很快就会看到,弥尔顿的想象力抱负伸展到囊括所有时间与空间的境地——即使那些抱负在几十年间并未以恰当的方式被人们充分认识到。

不过,《耶诞颂歌》还是令人赞叹,我相信是因为从美学角度讲,它作为一个特别小的容器容纳了史诗的历史——神圣的、天使的、魔鬼的以及人类的;神学的、寓言的、神话的以及文字的——它试图包括所有这些。它的叙事性内容和它的规模并不相称;前者希求以史诗的长度来展示它们而不显得局促。我提到的这种局促并没有立即产生:序歌(the Proem)和前十一节诗是适当的(序歌接下来是"颂歌"〔Hymn〕),紧密地追踪耶稣降生的叙事事件,口吻自信而亲切。那是在冬天;神送来一片普遍的祥和;在夜里,"光的王子"开始了他的统治;群星稳固静立,而太阳延迟了他"下方的火焰",既然一枚更伟大的**太阳**已经出现;牧羊人被天使的音乐所派遣。然而,诗的第12节,弥尔顿离开了这种以年代为序的叙事,转而开始一种独特的、弥尔顿式的时间叙事:回顾了创世之后,他恳求天使们奏响他们

的音乐，以便“时光倒流，回到黄金时代”，迎接一个真
理、公正与仁慈的新时代，当天堂打开她“殿堂”
（Palace Hall）的大门。这种广阔的时间绵延——回到
创世之初和黄金时代，再向往一个新的黄金时代的到
来——在这首诗的第16节的开头，以一个简短的责难
而得到核实，这个简短的责难成为弥尔顿式的时间压
缩和时间跳跃的一个样本式引言。这个部分就是我和
其他人发现的局促之处；它的草率简短，对于较长的耶 15
稣降世的叙事，以及对于相对丰富的创世回环和未来
黄金时代而言，都缺乏足够的规模：

　　天堂……
将开启她巍峨殿堂的重重天门。

XVI

但贤明的命运之神却说，不，
时候还没有到，
　　这圣婴露出婴儿的微笑，
在痛苦的十字架上

他必须赎回我们的损失；

　　所以他自己和我们都将获得赞美；

但首先对于沉睡中的那些死者

厄运不眠的号角一定要从深处震响。

　　Heav'n ...
Will open wide the Gates of her high Palace Hall.

XVI

But wisest Fate sayes no,
This must not yet be so,
　The Babe lies yet in smiling Infancy,
That on the bitter cross
Must redeem our loss;
　So both himself and us to glorifie;
Yet first to those ychain'd in sleep,
The wakefull trump of doom must thunder through
　the deep.

这十行诗中(第15节最后两行与第16节的前八行)的时间设计引导我们走过以下旅程：

(1) 在世界的末日我们会看到正义回归;

(2) 但时候未到(命运说);

(3) 圣婴新生;

(4) 他必须成长,并在十字架上死去;

(5) 所以赞美他自己和我们(在最后的日子);

(6) 但是首先死者必须在最后的号角中醒来。

在十行诗中,我们已经两次细查到时间从现在行至世界的末日,并在两行诗内看到了耶稣诞生和被钉在十字架上;然后我们向前进到正义的颂扬,但又向后猛地跃入最后的号角。

与这张由狭窄的十行诗构成的普洛克路斯忒斯之床①上对大部分时间的限制相比,诗人在《耶诞颂歌》中对空间的态度显得很奢侈。他允许自己用了四十八行(自第 19 节到第 24 节),从德尔斐(Delphi),移动到巴勒斯坦(Palestine),再到佩里斯(Persia)、利比亚

① 普洛克路斯忒斯之床(procrustean bed),典出希腊神话,巨人普洛克路斯忒斯(Procrustes)把人抓来后放到自己的床上,然后拉长或砍削人的四肢,以适合床的大小。普洛克路斯忒斯之床概指人们为暴力所迫而身处的一种状况或空间,其意与汉语中的"削足适履"略近。

(Libya)、特洛伊(Tyre)和埃及(Egypt),表现一个接一
16 个古代的神灵为这个“能用他襁褓的衣带控制地狱幽
魂”的圣婴的出现而气馁。最后,在一个两节长的终曲
内,随着黎明来到,最后的异教神灵消散,叙事者总
结道:

但看哪,神圣的马利亚
已安抚她的婴儿躺下休息。
　　是时候就此结束我们冗长单调的歌诗:
天堂里最年轻而生机勃勃的那颗星,
已经准备好她雪亮的车辇,
　　擎灯的侍女,护佑她沉睡的主列席:
而全然宫廷式的马厩周围,
甲胄鲜明的天使们遵从次序端坐。

But see the Virgin blest
Hath laid her Babe to rest.
　Time is our tedious Song should here have
　　ending:
Heav'ns youngest teemèd Star,
Hath fixt her polisht Car,

Her sleeping Lord with Handmaid Lamp
attending:
And all about the Courtly Stable,
Bright-harnest Angels sit in order serviceable.

这幅美丽的静态画景——圣母、熟睡的圣婴、固定的星星以及落座的天使们——“纠正了”序歌中的那个“错误”。序歌中，上帝之子据说放弃了他神圣的形式：他

会到这里与我们一起，
舍弃永久白昼的天庭
并同我们一样选择阴暗住房般必死的肉身。

here with us to be,
Forsook the Courts of everlasting Day
And chose with us a darksom House of mortal Clay.

在这首诗的总结中，我们看到，救世主并没有“舍弃”长生的天庭：他在哪儿，他们就在哪儿。他在那自相矛盾的“宫廷式”马厩里，甲胄鲜明的天使们列席左右，准备侍奉他。这个结尾是这首诗诸多精彩时刻中的一个；

而我们能回想起，济慈是如何赞美这首诗，如何深受其感动，并在他自己的颂诗里，借用过其中某些细节，比如《赛吉颂》里的“嘴贱的预言家”以及《夜莺颂》里的“月女王”被其“熠熠星光”所包围。

不过对我而言，《耶诞颂歌》中时间与空间材料的部署，似乎在根本上有种笨拙的不相称，因为一种高傲、年轻的想象力试图以一种相对其抱负而言规模过于简略的
17 抒情诗形式来达到其渴望的效果，亦即史诗般的广度。和我们在《快乐的人》中发现的相比，这首《耶诞颂歌》既无结构上的熟练把控，也无韵律上的轻松裕如。[4]我在这里所关心的是成就，而不是意图的雄心，亦非对一种未来志业的主题预言。我认可这首颂歌无可争辩的优点，尽管如此，我还是转向作为“完美性”的例子，即那首优雅、美丽、无可挑剔的《快乐的人》。

在《快乐的人》里，我们看到年轻的弥尔顿以成功的智识与美学自信，圆满完成了他为自己设定的任务：去了解人类可以获准拥有何种“不越礼数的欢乐”。他塑造了一个单独的主人公，一个有教养的人，以及与他对应的，一个集体的主人公，一群乡野农人。作为两个主人公的，分开生活的这两拨人，可以通过一种从黎明

到暗夜，多重季节的单独“一天”而被追踪到。按照比例，这些人被安排如下：我们看到受教育的主人公的白天，然后是乡野农人的白天和夜晚，然后是受教育的主人公的夜晚。有关这种设定我会详加说明。

弥尔顿强有力的感觉要求他探究他们快乐的范围；而他那更为强大的伦理本能则要求他，以一种与他的原则相一致的姿态，探究身体与精神的所有快乐。什么是正当的？可能会经历或做些什么？没有自我或他人的批评，一个人可能享受什么？快乐的来源是什么？这些当然是这首诗的主旨问题；但它们并非弥尔顿最初的问题。（在《快乐的人》和《幽思的人》中被提出的积极的和沉思中的人生各自的优点问题，在弥尔顿时代是陈旧话题；这类话题经常被归属为学院练习。）让我们感兴趣的，是弥尔顿处理他那些常规主题的方式。

正如《弥尔顿诗歌集注》（*Variorum*）所揭示的，《快乐的人》的评论者倾向于一方面探讨弥尔顿关于快乐的观念和意象的知识来源，或者从另一方面搜寻一种掌握着包括在这首诗内部的、众多不同条目的大师象征手法（master-symbolism）（如布鲁克斯文中的光与黑暗的象征手法；布莱克的《快乐》或图夫[5]的那种柏拉图式人格化象征手法)。第三种辩解式的批评立场,则回应了 T. S.
18 艾略特关于《快乐的人》缺乏独特观察性细节的负面评论[6],对诗中的刻板形象加以辩护,认为它们与其普遍性相称。我会偏离这些批评,主要将此诗视为一个审美对象,而非一个伦理或知识的对象。(审美对象运用观念,但它将这些观念作为原材料使用,正如它使用意象或韵律一样。所有的原材料,包括观念,从根本上服膺于被全体遵守的审美形式的法则。)一首一百五十二行的诗很难在寥寥几页内予以充分翔实的评估,但是,我希望谈及《快乐的人》中主要的心理学维度与美学**洞见**,因为这首诗以一种"完美"的方式,使青年弥尔顿成功地获得了风格规范与伦理洞察。

快乐的人①

躲开吧,可憎的愁怅,

① 本诗采用了殷宝书先生的译文,考虑到译文内部的节奏与言语风格,保留了殷译中相对古奥的一些用词,也保留了殷译中相关典故的译法,尽管其中的大部分或已有通译。个别诗行依照文德勒书中提到的原文,结合文中分析需要,重译并注明。此外还依据原文调整了个别字句的译法和部分译句间的标点符号。

你原是塞比拉斯[①]与午夜所生，
在冥河孤另的岩洞，
周围是可怖的情景，声音与形象。
去找个荒凉地窖，
在那里黑煞神展开了周密的翅膀，
乌鸦在彻夜歌唱；
那里的黑影像乌檀，岩石崚嶒
像你的乱发蓬松，
就永远到这样西木里[②]荒漠里居住！

优美的女神呵，我们欢迎你，
你在天上叫攸夫洛斯妮[③]，
在人间却叫开心的欢喜，
爱神维纳斯，一胎生了你
和你那两个姊姊格莱斯，

---

① 塞比拉斯（Cerberus）是守卫地狱入口的三头怪物。

② 据荷马说，西木里人（Cimmerian）住在世界的西端；这是一块完全昏暗的地方。

③ 维纳斯有三个侍女，总名格莱斯（Grace），攸夫洛斯妮（Euphrosyne）是格莱斯之一；此字含有欢喜的意思。

给戴着藤萝花冠的白卡斯[1]；
或如某些传奇诗人所叙述[2]：
说那位满怀春意的载佛[3]，
有一天遇到游春的奥罗拉[4]，
就和她在一起厮混玩耍，
19 并在滴露的初放玫瑰
和蓝色紫罗兰花床上婚配，
于是生下你这小姑娘，
活泼快乐，美妙无双。
女神呵，快来吧，还请你携带
好玩的嬉谑和年轻的愉快，
俏皮话和双关语，以及逗人的把戏，
点头和招手，以及常挂在何碧[5]

---

① 白卡斯(Bacchus)，酒神。

② 此句殷宝书先生译作“有些人还做了更好的解说”，似与原句“Or whether (as som Sager sing)”有较大出入，考虑上下文，改译为“或如某些传奇诗人所叙述”。

③ 载佛(Zephir)，西风神。

④ 奥罗拉(Aurora)，黎明女神。

⑤ 何碧(Hebe)，诸神的侍女，是青春的象征。此行与上一行译文依下文文德勒的分析稍作调整和补充。

脸上的嫣然巧笑，爱钻进
小圆酒窝里面的微哂；
还有那乐以忘忧的爱打闹，
以及双手捧腹的哄堂笑。
你来吧，还请你来时跷脚走，
单踩着轻盈的小脚趾头，
而且你还要用你的右手，
牵着山林神——愉快的自由；
你要不嫌我礼貌不周，
欢喜神，请答应我的请求，
让我跟你们在一起生活，
共享着不越礼数的欢乐；
让我们静听飞鸣的云雀，
它的歌声在惊破残宵，
直待五彩的朝霞升起，
从它高空的瞭望塔里①；
让我移身走向窗前，

① 此句殷宝书先生译为“在高空里飞鸣不已”，似遗漏了短语“from his watch-towre”，现依下文文德勒的分析需要而稍作调整和补充。

隔着野蔷薇或葡萄引蔓，
或是蟠曲纠缠的藤萝，
向晨光问好，尽情快活。
同时，高声报晓的雄鸡，
已驱散漫漫黑夜的残余，
它雄视阔步地在雌鸡面前走，
直到草垛或谷仓门口；
听，号角齐鸣，猎犬狂吠，
愉快地唤醒了清晨的酣睡，
那荒山之坡，高林之丛，
都在回荡着尖锐的响声。
有时我们沿榆墙散步，
或在山坡的绿草深处，
直接走向东方的大门，
欢迎那宏伟的朝阳光临，
它身披火焰，灿烂辉煌，
使天际云霭，也披上霓裳；
同时农夫在左近扶犁，
吹着口哨，耕着田地；
挤奶女郎正唱得高兴，

刈草工人在磨刀不停，
而溪谷中的山楂树下，
每位牧羊人都在讲故事。[①]
这时我巡视周围的景色，
马上感到多样的愉快：
褐色的草原，灰色的荒地，
吃草的羊群聚散在东西；
在那光秃的山腰深处，
经常停着孕雨的云雾；
草原整洁有雏菊杂生，
浅溪潺湲，大河奔腾；
青楼嵬峨，雉堞逶迤，
出没在林木繁茂之际，
那里也许有美人居住，
牵惹着邻村少年的眼目。
在两株古老的橡树中间，
有一所茅屋飘着炊烟，

① 此句殷宝书先生译为“在山楂树下正查点羊群”，似有误译，根据文德勒文中原文，此句“And every Shepherd tells his tale / Under the Hawthorn in the dale”现译为“而溪谷中的山楂树下 / 每位牧羊人都在讲故事”。

克里顿、哲西斯从田里回来，
因午餐就在这里安排，
虽说吃的是粗茶淡饭，
却都是斐力斯纤手所备办；
然后她匆匆离开草舍，
和赛斯蒂里斯①同去收割；
但如果一年的季节还早，
21 她要往草地去堆积干草；
山村居民，以安心的愉悦，
有时把客人请到村里②，
于是铃声响遍各处，
提琴奏出快乐的乐曲，
看呵，男女青年无数，
在斑驳树影下，载歌载舞；
在一个风和日丽的假期，

---

① 克里顿（Corydon）、哲西斯（Thyrsis）、斐力斯（Phillis）和赛斯蒂里斯（Thestylis），这些都是希腊诗人塞奥克利塔（Theocritus）的牧歌诗里常见的男女牧羊人的名字。

② "Som times with secure delight / The up-land Hamlets will invite"二句，殷宝书译为"山村居民，足食丰衣，/ 有时把客人请到村里"，根据文德勒下文的论述，"with secure delight"改译为"以安心的愉悦"。

老的、少的也同来游戏，
直到大家消遣了长昼，
才共赏加料的栗色啤酒，
人人讲起荒唐的故事，
说起麦布①仙如何最贪吃；
女的说，仙女掐过她一把，
男的说，鬼火有一回迷住他；
又讲起不辞辛苦的小妖，
流着大汗，为挣碗奶酪，
在一个夜晚天还未曙，
他挥动连枷，紧忙打谷，
打得十个工人不抵他；
然后这笨妖便歇在地下，
靠着炉火旁边取暖，
壁炉都被他占去大半边；
吃饱了肚子，他急忙往外跑，
深怕人家鸡公报了晓。
讲完故事大家爬上床，

① 麦布(Mab)，小妖的皇后。

微风阵阵送人入睡乡。
然后我们来逛逛城市，
人声在鼎沸，从无休止；
在这里聚集着武士英雄，
衣饰华丽，歌舞升平，
美人的明眸脉脉含情，
谁智谁勇，要她们来判定，
为争取大家展望的青睐，
才子英雄便展开竞赛。
22 司婚之神在这里常出入，
黄袍披身，高举火炬；
还有游行，宴会，与联欢，
化装舞蹈与盛装表演：
这都是青年诗人，在夏夜
河畔上，独自梦想的情节。
然后就到最好的剧院，
看琼生[1]渊博的喜剧在上演；

---

① 琼生（Ben Jonson，1572－1637）是当时的桂冠诗人，以喜剧著称，他爱在作品里卖弄笔墨。

或莎士比亚，清新而美妙，
在歌唱村野自然的曲调。
为了防止恼人的忧虑，
再让我听利地亚[1]乐曲，
最好要谱以不朽的诗文，
以便深深打动灵魂；
要腔调富有回旋转折，
借以突出连绵的和谐；
要信口歌唱，技巧惊人，
那声音才能绕过迷津，
打开封闭着和谐的大门，
放出和谐里藏着的灵魂。
即使奥夫斯[2]自己听到，

① 希腊音乐有三种曲调，利地亚曲调的特征是温柔。文德勒在下文分析中举了与之对照的“尚武的菲尔吉安（Phyrgian）和庄严的多里安（Dorian）”音乐曲调。

② 奥夫斯（Orpheus），也译作俄耳甫斯，是传说中的音乐家，善鸣琴，百兽闻声率舞。在结婚那一天，他的爱人由黎迪斯（Eurydice）突然死了，被拖到地狱去。奥夫斯跟到地狱，用琴音软化了地狱诸神，于是他们答应他领回他的爱人，但有一个条件：就是在回到人间的路上，他不能回过头来看她。但因他在途中急于看她一眼，一回头，地狱诸神便把他的爱人又抢回地狱去。

也会从黄金梦中惊觉，
丢开那布满鲜花的床铺，
来倾听这歌曲，因它会迷住
坡劳图①的耳音，会使他重获
他得而复失的由黎迪斯②。
你要能给我这些样欢喜，
欢喜神，我愿意永远跟着你。

L'Allegro

Hence loathèd Melancholy
　Of *Cerberus*, and blackest midnight born,
In *Stygian Cave* forlorn
　'Mongst horrid shapes, and shreiks, and sights
　　unholy,
Find out som uncouth cell,
　Wher brooding darkness spreads his jealous
　　wings,
And the night-Raven sings;

---

① 坡劳图(Pluto)是地狱的首神。

② "to have quite set free / His half regain'd Eurydice"殷宝书原译为"会使他放释/他释到半途的由黎迪斯"，依据上文，此句主语应为奥夫斯，故改译为"会使他重获/他得而复失的由黎迪斯"。

There under *Ebon* shades, and low-brow'd Rocks,
As ragged as thy Locks,
In dark *Cimmerian* desert ever dwell.

But com thou Goddes fair and free,
In Heav'n ycleap'd *Euphrosyne*,
And by men, heart-easing Mirth,
Whom lovely *Venus* at a birth
With two sister Graces more
To Ivy-crownèd *Bacchus* bore;
Or whether (as som Sager sing)
The frolick Wind that breathes the Spring,
Zephir with *Aurora* playing,
As he met her once a Maying,
There on Beds of Violets blew,
And fresh-blown Roses washt in dew,
Fill'd her with thee a daughter fair,
So bucksom, blith, and debonair.
Haste thee nymph, and bring with thee
Jest and youthful Jollity,
Quips and Cranks, and wanton Wiles,
Nods, and Becks, and Wreathèd Smiles,
Such as hang on *Hebe's* cheek,
And love to live in dimple sleek;
Sport that wrincled Care derides,

And Laughter holding both his sides.
Com, and trip it as you go
On the light fantastick toe,
And in thy right hand lead with thee,
The Mountain Nymph, sweet Liberty;
And if I give thee honour due,
Mirth, admit me of thy crue
To live with her, and live with thee,
In unreprovèd pleasures free;
To hear the Lark begin his flight,
And singing startle the dull night,
From his watch-towre in the skies,
Till the dappled dawn doth rise;
Then to com in spight of sorrow,
And at my window bid good morrow,
Through the Sweet-Briar, or the Vine,
Or the twisted Eglantine.
While the Cock with lively din,
Scatters the rear of darknes thin,
And to the stack, or the Barn dore,
Stoutly struts his Dames before,
Oft list'ning how the Hounds and horn,
Chearly rouse the slumbring morn,
From the side of som Hoar Hill,
Through the high wood echoing shrill.

Som time walking not unseen
By Hedge-row Elms, on Hillocks green,
Right against the Eastern gate,
Wher the great Sun begins his state,
Rob'd in flames, and Amber light,
The clouds in thousand Liveries dight,
While the Plowman neer at hand,
Whistles ore the Furrow'd Land,
And the Milkmaid singeth blithe,
And the Mower whets his sithe,
And every Shepherd tells his tale
Under the Hawthorn in the dale.
Streit mine eye hath caught new pleasures
Whilst the Lantskip round it measures,
Russet Lawns, and Fallows Gray,
Where the nibling flocks do stray,
Mountains on whose barren brest
The labouring clouds do often rest:
Meadows trim with Daisies pide,
Shallow Brooks, and Rivers wide.
Towers, and Battlements it sees
Boosom'd high in tufted Trees,
Wher perhaps some beauty lies,
The Cynosure of neighbouring eyes.
Hard by, a Cottage chimney smokes,

From betwixt two aged Okes,
Where *Corydon* and *Thyrsis* met,
Are at their savory dinner set
Of Hearbs, and other Country Messes,
Which the neat-handed *Phillis* dresses;
And then in haste her Bowre she leaves,
With *Thestylis* to bind the Sheaves;
Or if the earlier season lead
To the tann'd Haycock in the Mead,
Som times with secure delight
The up-land Hamlets will invite,
When the merry Bells ring round,
And the jocond rebecks sound
To many a youth, and many a maid,
Dancing in the Chequer'd shade;
And young and old com forth to play
On a Sunshine Holyday,
Till the live-long day-light fail,
Then to the Spicy Nut-brown Ale,
With stories told of many a feat,
How *Faery Mab* the junkets eat,
She was pincht, and pull'd she sed,
And he by Friars Lanthorn led
Tells how the drudging *Goblin* swet,
To ern his Cream-bowle duly set,

When in one night, ere glimps of morn,
His shadowy Flale hath thresh'd the Corn
That ten day-labourers could not end,
Then lies him down the Lubbar Fend.
And stretch'd out all the Chimney's length,
Basks at the fire his hairy strength;
And Crop-full out of dores he flings,
Ere the first Cock his Mattin rings.
Thus don the Tales, to bed they creep,
By whispering Winds soon lull'd asleep.
Towred Cities please us then,
And the busie humm of men,
Where throngs of Knights and Barons bold,
In weeds of Peace high triumphs hold,
With store of Ladies, whose bright eies
Rain influence, and judge the prise
Of wit, or Arms, while both contend
To win her Grace, whom all commend.
There let *Hymen* oft appear
In Saffron robe, with Taper clear,
And pomp, and feast, and revelry,
With mask, and antique Pageantry,
Such sights as youthfull Poets dream
On Summer eeves by haunted stream.
Then to the well-trod stage anon,

If *Jonsons* learned Sock be on,
Or sweetest *Shakespear* fancies childe,
Warble his native Wood-notes wilde,
And ever against eating Cares,
Lap me in soft *Lydian* Aires,
Married to immortal verse
Such as the meeting soul may pierce
In notes, with many a winding bout
Of linckèd sweetnes long drawn out,
With wanton heed, and giddy cunning,
The melting voice through mazes running;
Untwisting all the chains that ty
The hidden soul of harmony.
That *Orpheus* self may heave his head
From golden slumber on a bed
Of heapt *Elysian* flowres, and hear
Such streins as would have won the ear
Of *Pluto*, to have quite set free
His half regain'd *Eurydice*.
These delights, if thou canst give,
Mirth with thee, I mean to live.

首先,我打算将《快乐的人》分成四个鲜明的部分——尽管这首诗在序诗之后总被人描述为主人公所看到的一长串景象。若将开头的十行诗（它们表达了对欢喜神〔Mirth〕的对立面——沮丧抑郁或“可憎的愁怅”的拒绝）放在第一部分中，那么，这首一百五十二行的诗作似乎可以大致分为四等分，分别是两个四十行， 23
两个三十六行：

《快乐的人》比例图

主题	行数	长度	总体结构
厌憎： 乞求： 叠句：	1–10 11–36 37–40	10 行 26 行 4 行	10+26+4=40
所见所闻： （主人公的白天）	41–80	40 行	40
乡野农人： （白天和晚上）	81–116	36 行	36
城市与音乐 （主人公的夜晚） 叠句：	117–150 151–152	34 行 2 行	34+2=36
			总计：152 行

紧随第一部分——导言或序诗——之后的，是这首诗真正的“身体”，分为三个部分：首先详述了主人公**白天**散步的情形；接着，是乡村**昼夜**的活跃状况；最后则是

主人公享受**夜晚**的愉悦，以他对声乐的赞美作结。

诗题中的“快乐的人”，即整首诗的言说者，在引入可憎之物的十行诗之后的三十行诗中，乞求女神攸夫洛斯妮或欢喜神，交代她的家谱身世，并列举她的侍从（对他们来说，领头者是“愉快的自由神”[①]）；言说者结束他的乞求，通过祈祷获准成为她的随员，“让我跟你们在一起生活，/ 共享着不越礼数的欢乐”。他也将在这首诗的末尾返回到这一叠句：“你要能给我这些样欢喜，/ 欢喜神，我愿意永远跟着你。”在这个叠句两次出
24 现之间，是这首诗其余三个部分，它的“身体”，一百一十行诗致力于为“这些样欢喜”举出实例。这首诗的美学赌注就在于，它向我们展示了一百一十行纯真的欢喜却不使人厌烦。也就是说，在风格上的出人意料、技艺的多样性以及主题的令人惊奇上，它对我们毫无保留地承诺了持续连贯的品位。

在来到一百一十行诗主体之前，我们必须考虑弥尔顿是如何在四十行诗内建立起这个巨大宇宙的，在

---

① 这句中的 sweet Liberty，在译诗中保留了殷宝书先生的译法“愉快的自由”，此处依论述的上下文，酌情译为“愉快的自由神”。

这个宇宙里，他选择赞美欢喜神。诗中含量最大的是希腊神话世界，我们在其中不仅遇见了女神攸夫洛斯妮，还有塞比拉斯，荷马式的西木里荒漠，欢喜神的"格莱斯姐妹"和白卡斯，维纳斯以及何碧。但是，对于弥尔顿包罗万象的宇宙来说，光有希腊神话还不够：诗的第二部分涵盖的范围，是寓言人格化的世界，与希腊的神祇一脉相承。"山林神，愉快的自由神"是作为一个仙女，接近她服侍的格莱斯的角色，而载佛和奥罗拉——自然的存在，微风与黎明，则充当着神话与真实之间的过渡角色：尽管有着神话里的名字，但他们都是实体世界的元素。人格化的自由神（personified Liberty），因为被称作仙女，故而也属于神话学：她提供了一座概念之桥，从神话通向弥尔顿对人类社交与行为更朴素且非神话的人格化，比如"嬉谑""爱打闹""扭捏的关心"以及"双手捧腹的哄堂笑"。从弥尔顿增加的这些"英语世界"的角色，我们能够总结出，希腊神话的概念世界并不完全满足他希望阐明的那种欢喜神的伦理语境。

由于弥尔顿引述攸夫洛斯妮的希腊神话家谱（源自文艺复兴辞典）[7]声称，欢喜神诞生于爱神的欢愉和

酒神的陶醉之结合，而在这个意义上，希腊并不适合年
轻的弥尔顿纯真的理想主义。通过提供一种替代式及
偏爱的谱系——声称欢喜神乃西风与黎明的结合所
生，如同一种稍纵即逝的爱抚，激发了黎明的受孕，弥
25 尔顿提供了一种对希腊的批评，但倾向于改善其谱系，
而不是把它当成一种想象性的背景而摒弃。因为弥尔
顿在这首诗中考察的是沉浸于身体和精神中纯真愉悦
的自然人，载佛与奥罗拉结合的异教性爱语境契合了
这个主题（而基督教语境因其根本上的禁欲维度，会与
主题不相容）。事实上，当弥尔顿在《幽思的人》中接受
沉思的愉悦时，基督教语境立刻给早先在《快乐的人》
中受到检验的价值带来了麻烦，麻烦到我们不能简单
地将这些诗看作表现同一个人交替而平等地，一天参
与了快乐，下一天则参与了沉思。这种将一首诗视为通
往另一首诗的一块“垫脚石”的批评观点，隐约地断言一
个人不能从沉思的状态退回欢乐的状态。这种态度将
《快乐的人》中“希腊”的愉悦置于一种次一等级的愉悦，
而我以为，那些愉悦值得（因为它们产生于一个封闭独
立的作品中）我们单独考量，而不是对比考量。

在最初的“厌憎”与“乞求”主题中，希腊神话出现

过，此后希腊元素在《快乐的人》中还返回了四次，而这几次出现说明了为什么弥尔顿要在这里保留希腊思想，作为他诗歌宇宙最无所不包的外圈层。希腊元素第二次出现，是以乡野中人的身份，被赋予希腊语（尽管源自维吉尔①）名字：克里顿、斐力斯和塞斯蒂里斯。总之，弥尔顿将希腊视为田园牧歌的担保性起源，因为《快乐的人》很大程度上就是一首田园诗。第三次出现时，希腊元素给予这首诗理论上的音乐模式："为了防止恼人的忧虑，/ 再让我听利地亚乐曲。"那些"乐曲"，正如《弥尔顿诗歌集注》告知我们的，在希腊音乐理论中，是与"尚武的菲尔吉安和庄严的多里安"形成鲜明对照，且有时候（但不是在这里）被认为是感伤的[8]。希腊元素关键的第四次出场也主导了主人公（尽管未付诸实现，但通过"黄袍披身的司婚之神"预示出来）的性潜能。而作为最后的化身，希腊以奥夫斯这个高潮式的角色现身，即便在坡劳图阴郁的领地，奥夫斯也通过阐明歌曲的力量，保证了诗歌天命的价值。这个文

① 上文引用殷宝书的译注，这几位角色出自希腊诗人塞奥克利塔，而此处文德勒认为它们出自古罗马诗人维吉尔的《牧歌》，诚然，维吉尔的《牧歌》是受到前者影响的产物。

艺复兴时期的主人公带有典型的弥尔顿式的好胜之
26 心，将会胜过奥夫斯，因为只有“那声音才能绕过迷津”
将产生这种“歌曲，因它会迷住／坡劳图的耳音，会使他重获／他得而复失的由黎迪斯”。[9]（弥尔顿会在《幽思的人》中设定，以奥夫斯和乔叟为代表的世俗诗歌低于仙乐、教堂的走廊、风琴、安静的寺院以及预言。）

《快乐的人》的中段被希腊神话的神性世界和寓言人格化的概念世界所包围，在二者之间监管着这首诗的，是乡村和城市的双重自然世界，正如弥尔顿告诉我们的，快乐的人需要乡野与城市两类愉悦来构成他的愉悦总量。《快乐的人》从它长长的愉悦清单中获得了其扩张性，而细察这首诗的中间部分，我们能够了解到弥尔顿的诸多美学目标。值得注意的是，这位快乐的人没有将文明的和自然的分隔为两个区间：实际上，他通常借助文明作为自然的隐喻。云雀“从它高空的瞭望塔里”歌唱；雄鸡“驱散”被击溃的黑夜军队的“残余”，并在他的“夫人们”①面前炫耀；披挂整齐的“宏伟

① 夫人们（Dames），此处指雌鸡。殷宝书译文中被还原为本体，现依文德勒上下文之意，保持原诗喻体译义。

的朝阳”来到了，君临他的“国度”，使身旁的云霭也“披上霓裳”。在言说者的内心，自然被文明所渗透，正如早晨的风景被文明的狩猎号角所打断。在这里，自然并不是先于人类的，而是与文明的思想和参照相结合，正如它在不同方面，与神话奇想和人格化的神灵相结合。自然与文明相结合最充分的标志，在于当快乐者的目光从风景移向了由风景包围的建筑物，推测那些“青楼嵬峨，雉堞逶逦”中是否藏着一位美人。青年弥尔顿思想中最为成功的方面之一，是在自然之内容纳文明，并在想象力的监督下，使二者融为一体。在弥尔顿的理想世界中，载佛与奥罗拉嬉戏而生出欢喜神，快乐者的一瞥在一天之内能够包含太阳、美丽的塔楼、寓言的自由神、斑驳树影下跳舞的农人以及莎士比亚的乡野自然的曲调，所有这些宁静地共存着。

不难想象这样一种描述手法：避免明显的人类参 27
照，拒绝《快乐的人》关于文明与自然之间易于兼容的含蓄主张。假如我们删除清晨那段中的人类隐喻，从云雀部分拿掉“惊破”和“瞭望塔”；从夜晚那一句拿掉“残霄”；从雄鸡部分拿掉“驱散残余”“雄视阔步”和“夫人们”；从太阳一节拿掉“大门”“国度”和“霓裳”；

从云霭部分拿掉“琥珀色的”等，我们就会得到一种更纯视觉化的，且也更沉闷的描述：

隐喻性的	去比喻的
让我们静听飞鸣的云雀，	让我们静听飞鸣的云雀，
它的歌声在惊破残霄，	它的歌声响彻黑夜，
从它高空的瞭望塔里……	从它在巍峨高空的位置……
同时，高声报晓的雄鸡，	同时，高声报晓的雄鸡，
已驱散漫漫黑夜的残余，	在漫漫黑夜中间啼叫，
它雄视阔步地在夫人们前面走，	它加入雌鸡之列并走在前面，
直到草垛或谷仓门口……	走到草垛或谷仓门口……
直接走向东方的大门，	直接走向东方，
欢迎那宏伟的朝阳光临它的国度，	欢迎那宏伟的朝阳升起，
它身披火焰，灿烂辉煌，	它散发火焰与金黄的光芒，
使天际云霭，也披上霓裳。	层云在它的高度聚集。

我们不仅可以从自然描绘中移除这些文明的和人格化的人类参照，而且也可以想象《快乐的人》中乡村部分被削去塔楼和城垛，保持一幅目之所及皆纯自然的景观。可是，弥尔顿坚持拟人化他的田园景色，并描述有

人居住的建筑，以他的现代心灵，无保留地为鸟儿与哨兵，雄鸡和家长，太阳与帝王，草坪与城垛之间的无缝连接而辩护。

因为在青年诗人的诗行间暗示的乡野与文明之间想象的相容性，我们肯定期待，在瞥见塔楼与城垛（第77行）之后，快乐的人为探索文明的供奉之物，会告别
自然而前行。这一点最终将会发生，在第117行，主人 28
公的夜晚开始了，尽管是以第一人称复数的口吻："然后**我们**[强调为我所加]来逛逛塔楼林立的城市。"但是在两处塔楼之间尚有很多内容。是什么阻止了主人公从第77行的白天的乡村高楼，直接前行至第117行的夜晚高楼林立的城市呢？这中间单独一天的行进中，那段长长的阻隔有何意义呢？

足以称奇的是，阻隔部分的诗行——构成这首诗的第三部分（第88–116行），引入了一群全新的人类抒情主人公的白天和夜晚的叙事，那是任何读到这首诗的人都会感到意外的一个插曲。因为这首诗叫作《快乐的人》，它的主人公一定是孤身一人（如同约翰逊博士首次在注意到言说者的孤独时所指出的）；而我们也会看到这个孤单的主人公的回归，不仅因为他被包括在

“塔楼林立的城市愉悦我们”的第一人称复数和“青年诗人们”的第三人称指代提示中，而且最终因为他的第一人称自我——在他说“再让我听利地亚乐曲”和“欢喜神，我愿意永远跟着你”时。然而，他的第一人称自我和行动被以整整四分之一篇幅构成的其他自我和行动取代了。让弥尔顿的注意力从他孤独的主人公身上抽离的新行为者是谁呢？他们是有着希腊名字的乡下人，而他们及其伙伴经历了与主人公自身平行的一个白天和夜晚。他和他们的行动都是习以为常的（“有时候”干这，“时常”干那）。第三部分的农夫从事了四种典型的人生活动：他们吃了一顿饭；他们在田地里晒干草或（在下一季节）捆成草束；他们在提琴的乐曲声里成双成对地跳舞；他们讲故事。

经过一番思考，我们认识到在这首诗中，乡野农人是为了实施那些不适合归为有教养的主人公的行动。不过，前三种属于乡民的行为当然对任何人平常的快乐都是不可缺少的：男人和女人所引导的平常积极的生活，吃饭、干活儿、结伴成对以及跳舞娱乐等。然而，这些行为属于哲学上通常被称为味觉、嗅觉和触觉的
29 “根基性”感官的范畴，而一旦我们了解到这些感官的

活动为乡民所预留，我们便会明白，弥尔顿的主人公只运用看与听的“更高”或“更理论性”的感觉力。在这首诗里，他没有投身于劳作；没有倾听或畅饮（尽管在梦中参加了一场“盛宴”）；也尚未置身于一种性的关系里（尽管他的婚姻在这个祈使句“司婚之神在这里常出入”中得到了预言）。（较高级或较低级感官上的）休闲与劳动的分隔在这里是绝对的，而诗人发现，他必须在他有教养的漫游者与乡野农人之间创造出一种功能性的分离。

不过，弥尔顿给他的农人们与他的抒情主人公相等的人类尊严：他们的晚宴散发着可人的美味；斐力斯“双手洁净”；他们的铃声悦耳，他们的提琴欢快（他们创造乐器）；他们的假期风和日丽；而他们的嬉游也致力于“安心的愉悦”，他们在“斑驳树影下”跳舞（他们有美的实践）。更确切地讲，诗人会将嗅觉、味觉和触觉等感官活动存留于乡野农人身上但并未贬低这些作为快乐之源的行为或劳作。那些对所看到的不以为然、视之为对艰辛农作世界予以田园诗式“神秘化”的人，他们误解了弥尔顿在这首诗中的目标，这个目标并非关于农活的现实主义描摹，而是呈现感官愉悦的象征性设计。尽管他们的名字告诉我们,耕者耕作,挤奶女工挤奶,但这些人物在此处表现为吹口哨、唱歌,为“卑贱的劳动”贡献人类审美的补充,从而使他们的行动,无论多么辛劳,都与拉着犁的牛及从母牛身上吸奶的牛犊不同。弥尔顿通过表现乡野农人,意欲为那在快乐状态下表达的身体行动唱一首赞美诗。诚然,在这首诗中,他将那些感官活动赋予了和他自己的智性职业并不相似的乡野中人。不过,通过描绘农人的白天与夜晚,他坚持将他充满爱意地描述的感官愉悦包括在“共享着不越礼数的欢乐”中。

30 就在这一刻,诗人停下来沉思。他已经暗示了在农人对歌曲和音乐的热爱中,有一种与他自己相似的点:作为作家的他和乡野民众之间就没有关联吗?在关于农人的夜生活的一种显著的扩展中,弥尔顿此时给予他的乡野农人以文学能力,表现他们在口语交流中的叙事技巧和口头创作的永恒性。一天的劳动结束后,农人在竞争性的应答轮唱中,自由发挥他们的想象力:“女的说,仙女掐过她一把,/ 男的说,鬼火有一回迷住他;/ 又讲起不辞辛苦的小妖,/ 流着大汗,为挣碗奶酪。”[10] 从伦理上讲,这种故事讲述在有教养的主人公与目不识丁的乡野农人之间提供了一种人类的关联，在两个社会秩序之间建立起一种想象与叙事的美学连续性。青年弥尔顿关于口头文学（除了他通过提及农人们提到的“麦布仙”而将乡野的想象与莎士比亚联系起来之外）最吸引人之处，是当他以自由的间接话语，神采飞扬地重述那位农人，在栗色啤酒的作用下，用夸张法兴致勃勃地讲述小妖的故事时，他自身含蓄地进入了民间叙事。那位农人叙述者

> 又讲起不辞辛苦的小妖，
> 流着大汗，为挣碗奶酪，
> 在一个夜晚天还未曙，
> 他挥动连枷，紧忙打谷，
> 打得十个工人不抵他；
> 然后这笨妖便歇在地下，
> 靠着炉火旁边取暖，
> 壁炉都被他占去大半边；
> 吃饱了肚子，他急忙往外跑，
> 深怕人家鸡公报了晓。

这段关于小妖的描述，神奇地成为这首诗整个身段中最长的单独的离题之语。给小妖的诗行比给奥夫斯的还多，所占空间比琼生和莎士比亚的戏剧部分还大。弥尔顿的这种注意力配比无疑引人注目，也值得讨论。

31 让我们暂时回到我们一开始提及的问题：一位青年诗人如何成年？他如何找到风格的成熟，并且对他而言，这种风格的成熟必须同时使他通向心理的成熟？我们看到，弥尔顿已经开始考虑古典素材与基督教素材之间的关系。在《快乐的人》中，他已找到一种方法，不带批评地将异教生活或自然生活，从依据基督教实践所安排的生活中分离出来。（更早一些，在《耶诞颂歌》中，他使用古典黄金时代的回归，作为基督教末世论的平行项，同时将基督教与异教的神灵对立；稍后，在《利西达斯》中，他将暂时找到一种方法，使古典时代与基督时代共生联合。）当然，这三种策略——《快乐的人》把一种信仰秩序同另一种隔开，《耶诞颂歌》里秩序的平行与对立，以及《利西达斯》里的汇合等方面，弥尔顿有先例诗人可循，尤其是斯宾塞。但是尽管他继承了那些令人惊奇的模式，一位青年诗人仍须思考并吃透这些模式，才能智慧地运用它们。正是从莎士比亚和琼生那里,弥尔顿学会了将英语文学中的仙女传说与古希腊文化典故结合在一起,不过,《快乐的人》中的小妖段落似乎无须宣布其文学来源,它与乡村居民的昼夜生活图像融合得天衣无缝。弥尔顿从民间叙事的夸张手法与悬念设定中,从毛茸茸的小妖的滑稽可笑中获得的纯粹愉悦,使我们得以一瞥弥尔顿对所有文学表现形式的热爱,无论是质朴的还是文饰的。面对农民,他并不觉得高人一等:他们讲故事的夜晚消遣,与随后那位有文学教养的主人公造访剧院时的夜晚赏乐相匹配。当弥尔顿允许小妖的故事在诗中扩展,我们感到这首诗一时间"逃离"了作者的约束,农人讲述妖怪故事的时刻,在这首诗富有同情心的作者的美学沉溺中延长了自己。倘若《快乐的人》没有示范(同时也坚持)"高"与"低"两种文学努力都可以带来愉悦,那么,它也就很难说服我们相信其对"更高"和"更低"感官的主题性辩护是真实的。

乡野农人的迷信故事不仅通过充满敬畏的夸张法讲述,而且也以使用充满活力的词语来述说:**吃**,**被掐**,**被拉住**,**指引**,**挥汗**,**挣**,**打谷**,**终止**,**伸展**,**猛跑**,**报晓**。这种语法上的活跃编排向我们呈现了这位年轻诗人完 32

全掌控了他诗歌的延展效果。这些活力非凡的词语与那些至此与主人公有关的静肃的动词并不相同：**生活，静听，移身，问好，听，散步**。一个真正的作家能在动感上感觉他的词语：想象一下，他因有人"掐"而赶紧躲避，因"猛跑"而大叫，因想多"挣(些)"而竭尽全力，并估测每一种情况下的能量定量。我们已然见识到弥尔顿完全掌控了这种能量分配。而一个真正的作家会利用词语的"温度"和"感觉"。带着确切的愉悦，我们在"利地亚乐曲轻拍着我"中听到"轻拍"，或者在"吃草的羊群"感受到莎士比亚式的"啃咬"：每一处都以温柔的"感觉"完美地校准到它的那一刻。弥尔顿依然慷慨于那些微小的愉悦效果，无论是图像还是语音上的，任何随机选出的段落将会显示这一点。即便忽略连接诗行间更微妙的韵律效果[11]，我们发现在一些有代表性的摘录中，如果我们大声读出来，很少有音素或字母与其他一些音素或字母没有听觉和视觉上的关联。

如果说，在词语中动能的给予与抑制，赋予一个短语恰当的"温度"与"感觉"，以及循环的语音与图像形式巧妙而不引人注意的插入，是一个青年诗人需要精通的三个方面，那么，韵律的掌握同样重要。弥尔顿在完善琼生式的四音步诗(Jonsonian tetrameter)方面的进展,可以通过与他早些时期的四音步诗(如《温切斯特侯爵夫人的墓志铭》)比较,从《快乐的人》中对韵律的信心上看出来。在《墓志铭》中,韵律上通常存在诸多不当处,就如在第4行"besides(除了)"第一个音节被赋予了理论上的重音(强调是我加的):

这丰饶的大理石的确埋葬着
温切斯特忠诚的妻子,
一位子爵的女儿,伯爵的子嗣,
除了她的德行美好
还得加上她出身高贵。

This rich marble doth inter
The honoured wife of Winchester,
A viscount's daughter, an earl's heir,
*Be*sides what her virtues fair
Added to her noble birth.

在《墓志铭》中,有时也因没有给出足够的语调指向,人们首先可能会在一行诗的重读上犯错。"她高贵的出

身，和她的优雅甜美”（Her high birth, and her graces
33 sweet）开始会被读成“**她**的高贵**出身**，以及”（似乎第一个音步是扬抑格），直到我们最终理解到，通过这行诗的一半时，最初的音步是一个抑扬格，而我们必须读成“她**高贵**的出身，**和**她的**优雅**甜美”。类似的，人们可以这样读“**被**某位情人**鼓起**勇气”（*Plucked* up *by* some），作为扬抑格，在“于是我看到某次温柔的失误……/ 被某个无伤大雅的情人鼓起勇气”（“So have I seen some tender slip … / Plucked up by some unheedy swain”），直到我们读到“无伤大雅”一词才发现“鼓起**勇气**”和“被**某位**”是抑扬格。假如这行诗读成“被某位贫穷的情人鼓起勇气”（“Plucked up by some needy swain”），那么，我们第一次读出的语调就证明是正确的。《快乐的人》中并没有这种语调上彻底的模棱两可。[12]正相反，在深思熟虑的不合常规的开场诅咒过后，关于《快乐的人》，没有比美丽的四音步诗平和而轻快的倾泻更令人信服的了：

这时我巡视周围的景色，
马上感到多样的愉快：

褐色的草原,灰色的荒地,
吃草的羊群聚散在东西;
在那光秃的山腰深处,
经常停着孕雨的云雾;
草原整洁有雏菊杂生,
浅溪潺湲,大河奔腾;

这样的一段选择强调四音步诗行的扬抑格潜力,而另一段则可能主要强调其抑扬格的可能性:

然后她匆匆离开草舍,
和赛斯蒂里斯同去收割;
但如果一年的季节还早,
她要往草地去堆积干草;
山村居民,以安心的愉悦,
有时把客人请到村里……
看呵,男女青年无数,
在斑驳树影下,载歌载舞;
在一个风和日丽的假期。

34 这些变化与其说是通过内容控制的,不如说是诗人希望放弃一种持续的韵律强调,而开启另一种音乐性的缘故。为了保持内在变化原则正常运转,弥尔顿经常在扬抑格段落中插进一句抑扬格诗行("经常停着孕雨的云雾"),或在抑扬格段落中插进一行扬抑格句首音步("有时带着安心的愉悦")。

但是,是时候回到我们这首诗的主要部分了。在第三部分经由对乡野农人独特的白昼与夜晚活动的观察后,此时,我们的诗人已哄他们入睡,所以能在第四部分回到他有教养的主人公,后者也已告别了白天的愉悦(在那里,我们最后看到他凝视林间的塔楼),当他的夜晚来临,现在正遭遇"塔楼林立的城市"里的"人声在鼎沸,从无休止"。智与勇的决胜与竞争(由随行的女士裁定)成功地通过有点令人困惑的司婚神的出现而达成。如我所提到的,我认为司婚神这个角色表现了主人公至此为止尚未实现的性潜能,而它会在婚姻中得以实现。"看呵,男女青年无数"的委婉质朴的"舞蹈"尚未在快乐的人的生活中找到对等物,但是,通过提及司婚神本尊,弥尔顿将婚姻中性欲的满足插入欢喜神正当的"快乐"清单中。正如司婚神是一个具有性潜能的人物一样，那些“梦想”着“游行，宴会，与联欢 / 化装舞蹈与盛装表演”的年轻诗人们，也是具有想象力潜能的人物，是年轻艺术家们在他们自身的艺术找到具体形式之前，在白日梦中幻想出来的人物。尽管主人公出席了琼生或莎士比亚的喜剧，暗示了最终他自己会成为一名文学的著作者，但弥尔顿将所有艺术中最高的艺术设定为声乐，而非文学。乡野农人只有他们自制的提琴、他们的民歌与口头传说；但是，《快乐的人》的言说者渴望复杂的声乐，“利地亚乐曲 / 最好要谱以不朽的诗文”。

第四部分主人公的选择全部代表了复杂艺术的形式。按上升的高贵度为顺序，它们包括：仪式艺术（在智与勇的竞争中）、礼仪艺术（在司婚神身披黄袍、高举火炬的形象上）、宫廷艺术（在化装舞会和盛装表演中）、戏剧艺术（在琼生和莎士比亚那里）以及声乐艺术杰作（据说，与利地亚乐曲相结合的诗句是“不朽 35
的”）。上述这样一个明确的等级秩序（即使运用了“经常”和“或者”等推测性诗句来表达）向我们展现了一个年轻诗人坚定地掌控自己的价值标准以及这些价值的等级秩序，从低直至最高。正是在对声乐的描述中，弥尔顿的词汇表变得最具回响与天赋。高级艺术的内在品质是逐个被唤起的，描述音乐时，正如弥尔顿所强调的，它的情绪是通过动词“深深打动”唤起的；分词形容词“融化的”唤起和谐感；“迷津”的意象反映复杂性；分词短语“解开全部锁链”之力体现力量感；以及对“听从”“信口”的天性和“诙谐”“轻佻”的天性之间出人意料的矛盾修辞表露陶醉感。要认定艺术必须结合情绪、和谐感、复杂性、力量、关切、诙谐和自发性，意味着要对出现在令人羡慕的美学技艺中的各种品质已经过漫长而艰巨的思考。

瞥一眼这段关于音乐的描述，或许能让人回想起年轻的弥尔顿在《快乐的人》中轻松地处理跨行与停顿的那一刻。他渴望的是那些乐曲：

以便深深打动灵魂
在腔调上，富有回旋转折
借以突出连绵的和谐，
要信口歌唱，技巧惊人，
融和的声音才能绕过迷津，
打开封闭着和谐的大门

放出和谐里藏着的灵魂。①

在灵魂被深深打动一句以及一段旋律递送连绵的和谐一句之间的跨行连续，被“腔调”和“信口”后的内在停顿所抵消；而第 2 行的停顿在两个音节之后出现，第 4 行的停顿发生在四个音节之后，遵循了弥尔顿关于悦耳的音乐变奏的惯常原则。不用说，这个精致的“融和”段落中多处出现的“m”与“n”，即使不是故意的，也是出于直觉。

那么，为了创造一种个人风格并写出一首“完美”之诗，年轻的弥尔顿学习和训练了什么呢？他已经意 36
识到在希腊神话和基督教这两个“主导叙事”共存中的固有问题，并思考了避开、展示或解决这个问题的方法（在这首诗里，是通过全面压制基督教叙事）。他可以召唤（或修改）古代神话，创造并汇聚人格化寓言，混合社会类型，因为这些贴合他的意图。他注意到口头和书写文学的交替世界：在传神的故事中表达的民间想

① 此处依据文德勒的论述，对殷宝书先生的译文稍作调整，恢复原文中的断句特点，并补上漏译的词。

象力和假面剧与戏剧中体现的有学养的想象力。他已经在行动性的(与沉思的生活相对的)生活中,为纯真人类快乐的主要形式制作了一份存货清单,并忧心于如何囊括它们所有。为了解决这个难题,他决定将《快乐的人》的主人公限制在"更高级"的视与听的感官活动上,而在乡野场景内部,将适合于"更低级的感官"的快乐形式的行为隔离——与此同时,没有从他的主人公的世界里剔除参加宴会和最后发生的性愉悦,也没有从乡野农人的世界中删去视与听的"更高级"的愉悦。不过,考虑到要防止"更低级"和"更高级"的感觉之间过于绝对的伦理划分,弥尔顿允许他的乡野农人在享受其所有快感之余,也从他们参与艺术的创造中获取愉悦。他们有他们的歌唱(体现在挤奶女工身上)、他们的乐器(体现在他们的提琴上)以及他们的想象力(体现在他们的故事里),所有这些实现了一种人类的和睦——在乡野农人生活的层面和弥尔顿想象其主人公所存在的层面之间,由此允许诗人去获得一种朝向他所有**戏剧人物**的有关人类尊重和人类联系的伦理态度。弥尔顿借助一首按古典比例可划分为四部分的诗实现了这个方案,这四个部分的长度几乎相等,其

中，以主人公分离的白天和夜晚的活动作为承接段，一
前一后，与乡野村人的白天与夜晚活动连为一体。在
诗歌中，一种交错的abba结构安排（与更“自然的”线
性安排相对）总是预先考虑和预先安排的标志。这里， 37
它标示了青年弥尔顿设想的一种方法，通过这一方法，
愉悦的重复（本可能陷入可预测的境地）反倒留有
惊奇。

尤为重要的是，在这首诗中，弥尔顿找到了将会成为其主修辞格的那些要素：时间和空间的扩展以及对一些构想的丰富成分的列举。在开篇对“忧郁”的诅咒之后，这首诗就是一份清单的清单，一张列表的列表，扩展了主人公的白天与夜晚，乡野与城市，也扩展了乡野农人的白天与夜晚，田野和村舍。作为一名丰富的大诗人，弥尔顿稍后会通过人物、空间、活动与话语，从创世纪到最后的审判日，栖居于天堂、人间以及地狱。但在这首诗里，他为许多事物按次序开列了正式的清单：欢喜神父母的另类组合，攸夫洛斯妮的伙伴们，大自然的美，村民的活动，民间传说故事，城市里的文化诱惑，现代剧作家的作品以及对谱以不朽诗文的声乐的着迷。最后一点几乎很难说是一份列表，它超越了

枚举，因为它的效果与前面的内容相交织。

《快乐的人》证明青年弥尔顿已经掌握了句法资源。他在他的许多清单中保持了句法的简单，正如他用短句列举欢喜神的侍从们时所做的：

> 女神呵，快来吧，还请你携带
> 好玩的嬉谑和年轻的愉快，
> 俏皮话和双关语，以及逗人的把戏，
> 点头和招手，以及嫣然巧笑。

没有什么能比这个使用“和”（“以及”）进行的并列连接更简朴的了。

延长一份列表的下一步，是将其成员分配成明确的对句。这些句法趋向于平行；这里，成对的名词——草原和荒地，高山与草地，后面均紧跟着修饰从句或短语，来命名它们的“种群”——羊群、云雾以及雏菊：

> 褐色的草原，灰色的荒地，
> 吃草的羊群聚散在东西；
> 在那光秃的山腰深处，

经常停着孕雨的云雾；
草原整洁有雏菊杂生，
浅溪潺湲，大河奔腾。[13]

这两个句法简单的段落与结束此诗且得到极好展开的主从句法完全不同：

为了防止恼人的忧虑，
再让我听利地亚乐曲，
最好要谱以不朽的诗文，
以便深深打动灵魂；
要腔调富有回旋转折，
借以突出连绵的和谐；
要信口歌唱，技巧惊人，
那声音才能绕过迷津，
打开封闭着和谐的大门，
放出和谐里藏着的灵魂。

如果我们将这句诗图像化，就可以发现它具有锁链般的特性：

让利地亚乐曲包围我
与诗文结合
比如灵魂会刺穿
用音符
以许多回旋
表现连绵和谐,
以信口开唱,
和
惊人的技巧,那熔化的声音
穿过迷津,
解开那里的灵魂
所有的锁链。

Lap me in Aires
married to verse
such as the soul may pierce
in notes
with many a bout of sweetnes
long drawn out,
With wanton heed,
and
giddy cunning, The melting voice
through mazes running,
Untwisting all the chains
that ty the soul.

这种复杂的模仿句法，缠绕又拆解着它的语法链，打消了我们有关《快乐的人》是首单纯、幼稚的诗的看法。如果我们仅仅通过它更早也更简单的欢喜神的同伴名 39
单来判断（如同不少人认为它次于《幽思的人》时所做的），或者通过那些被艾略特批评的一行诗里的刻板化田园人物来判断，似乎会觉得它就是那样一首单纯而幼稚的诗。通过将他的句法与其相应的愉悦匹配，弥尔顿向我们确证，快乐的形式是多样的，其范围可以从最短和最直接的，一直到最复杂和联篇创作的①。

青年弥尔顿也已学会一种声调的匀整。在最初宁静的田园漫步的声音中，没有什么泄露过这样的事实，即我们稍后将遇到精怪或牧歌式的狂喜，更不用说莎士比亚的喜剧了。这首诗为我们提供的旅行，每一次都被隔离在其片刻，保持着多层级的愉悦。正因如此，我们常常感到惊讶：什么？克里顿和哲西斯在这里？也是个笨伯吗？接着与司婚神一起回到希腊！但是琼生正在附近！而这可能是由黎迪斯吗？这首诗的魅力

① 联篇创作（through-composed），音乐名词，又译作“通谱体”，指以旋律与和声总在变化为特点的音乐作品，从头至尾一直在发展着，没有明显的重复。

正在于这几次出人意料的出场，因为随着诗的推进，音调在整体上保持令人惊异的匀称平齐，使得上述那些出场彼此承续、稳定，而无古怪或惊慌。弥尔顿学会了从他心灵的一个隔间滑向另一个隔间，毫不费力，带着适度的愉悦，直到向一个最终的强度屈服，因诗歌与音乐结合而狂喜的感觉由此而生。

至此，弥尔顿已经调查并整理了他的神话与人格化价值观，白天与夜间的乡野和文明的社会存在层面，行动性的（与沉思相对的）生活，他的价值观中的艺术等级，他的结构布局以及他的伦理责任等。他准备声称，他有权享受这些不越礼数的快乐，并坚持他个人对这些快乐的列举，从性的快乐到眼与耳的愉悦。从技术上说，他已经掌握了节奏、措辞和句法，也已找到低音、中音及高音的风格，发现了一种方法，通过在诗歌内部明智地分隔开，而将他那趾高气扬的公鸡的幽默和奥夫斯与由黎迪斯的激情包括在内。他赋予他的每一张清单以不同的枚举特色，并以雀跃的四音步句实践了形式的变奏。[14]他了解句法资源，并能发明牢固的
40 语法结构，既简单又复杂，在此基础上构筑他的诗歌正文。他已经实现了主题的出人意料和音调的稳实。

从某种意义上说，他已无须学习更多，而《快乐的人》这部杰作告诉我们，他已经在心理与技术上达到一种对生活诱人且复杂的表现，而在时间、空间与社会阶层上，这种生活都得到了宽广的延展。一种更严格也更丰富的形式掌控，已经略显笨拙地萌生于《耶诞颂歌》中，并期待在《失乐园》中臻于完美。

注释

[1] Cleanth Brooks, *The Well-Wrought Urn* (New York: Reynal & Hitchcock, 1947), 48. 参阅《弥尔顿诗歌集注》(*A Variorum Commentary of the Poems of John Milton*)中的描述，A. S. P. Woodhouse and Douglas Bush 编，New York: Columbia University Press, 1972，第Ⅱ卷，第 251－252 页(以下参阅 *Variorum*，Ⅱ)。这个评论与 John T. Shawcross 编选的数卷 *Milton: The Critical Heritage* (London and Boston: Routledge & Kegan Paul, 1972)给出了(截至 1972 年)有关这两首几乎分不开的诗的完整看法。在两首诗之间来来回回，与《幽思的人》相比，批评家们总是轻视《快乐的人》，而未能给予《快乐的人》统一的叙述。弥尔顿主义者们的首要兴趣在于弥尔顿的道德和哲学存在，而非一首诗自身的美学完成度，认为《快乐

的人》迷人但在哲学上不严肃而弃之。燕卜荪以这两首诗是“一些沉闷的琐事,有几行还行”而加以摒弃(*Variorum*, Ⅱ,第一部分,第 252 页)。这两部作品作为诗歌的最佳评价为 G. 威尔逊·奈特的论文 The Frozen Labyrinth: An Essay on Milton, 收入 *The Burning Oracle* (London, 1939), 第 59–113 页(参阅 *Variorum*, Ⅱ,第 247–248 页的描述)。尽管奈特是挑剔的,他的研究声望是关于(也许不公平)晚期弥尔顿的,他准确地论到这两首诗中的意象“如绘画般静美,是微小的实物的一种有秩序的安排,毫无戏剧性和演化的能量。而将运动和行动结合到设计中,实现意向与实体性、旋律性和建筑感的一种有机凝聚,这个任务依然未经尝试:尽管**在孤立状态下**这些元素彼此相契合而成的艺术得到了持续的,几乎是过度的强调”(第 64 页)。我会多谈一些“微小的实物”,如弥尔顿的要素清单。布莱克关于这两首诗的插图展现了一种对于受《幽思的人》启发而创作的主人公以国家利益为重的鲜明偏爱,抛开平凡的快乐,成为圣者。布莱克轻佻的《欢喜神》是弥尔顿的弱化版。

[2] 两首诗的文本皆出自 *Poems of Mr. John Milton, Both English and Latin … 1645*, 再版于 *The Riverside Milton*, ed. Roy Flannagan (Boston: Houghton Mifflin, 1998)。

[3] 因为弥尔顿第一次将《耶诞颂歌》放在 1645 年写作的英语诗歌中,又因为它的主题所达到的丰富程度(就像《幽

思的人》里的那些）预兆了后期的弥尔顿，许多弥尔顿研究者将这首《耶诞颂歌》视为第一首“伟大”的诗，一首“大师之作”。参阅，如《集注》的各处，以及 Douglas Bush, *John Milton* (New York: Collier Books, 1967)。弥尔顿有可能首先把它置于英语诗歌之中，因为它指示他向救世主献上礼物；在此意义上，它是一首献诗。当然，如他的评注者们所言，弥尔顿有可能很珍视它，因它所展现的抱负以及在他思考圣子主题时的决定作用。

[4]《耶诞颂歌》的诗体（prosody）本身就是一个话题。这首颂诗的形式如下：四节诗组成的“序歌”，有着寓言式的适度，韵式庄严，但最后一行用了斯宾塞式的六音步诗行；紧接着是二十七节诗组成的“颂歌”，每节八行，包含了一个六行诗节和一个对句，韵式为 *aabccbdd*。诗行的音节长度为 33533546。非等距的对句（一个四音步句加一个六音步句）本身显示了某种不轻松。

在“序歌”与“颂歌”中，六音步诗行的中点（the midpoints）（传统上被认为是停顿的地方）有时候被放在颇为尴尬的位置：“并与我们一样选择阴暗-／住房般必死的肉体”；“正是他们的愚-／蠢思想所忙活的一切”；“那令人敬畏的审判者要在半-／空展开他的宝座”（即使人们打算将这个停顿置于第七个音节之后，随后由形容词与名词造成的分离，在这几行中，造成了一个不合语言习惯的停顿："正是他们的愚／蠢思想所忙活的一切"）。

句首的反向音步（通常用于在意象或主题上重读出一种力量）出现在与被描述为"轻柔"或"平滑"的效果相对抗的时刻：

她戴着橄榄叶的翠冠，轻柔地滑翔
向下飞过转动的星球。

风带着异样的寂静，
平滑地吻过片片水面，
　　低语着快乐的消息给那温暖的大洋。

She crown'd with Olive green, came softly sliding
Down through the turning sphear.

The Windes with wonder whist,
Smoothly the waters kist,
Whispering new joyes to the milde Ocean.

　　[斜体为文德勒所加]

[5] Rosemond Tuve, *Images and Themes in Five Poems by*

Milton (Cambridge, Mass.: Harvard University Press, 1957), 第22页以后。

[6] T. S. Eliot, "A Note on the Verse of John Milton," *Essays and Studies 21* (1936), reprinted as "Milton I," in *On Poetry and Poets* (New York: Farrar, Straus, 1957):"《快乐的人》和《幽思的人》中的意象都是笼统的……弥尔顿看到的不是一个具体的[像华兹华斯那样]耕夫、挤奶姑娘和牧童,这些诗行的效果完全是听觉的,并且同耕夫、挤奶姑娘、牧童的概念连接在一起。"

[7] *Variorum*, Ⅱ, 274.

[8] 同前引, 第304–305页。

[9] 同样的竞争性出现在《耶诞颂歌》的第22行之后,在那里,弥尔顿希望将他自己的歌作为礼物呈上,甚至早过占星师们带着他们的供奉来到桌边之前:

看啊,从那多么遥远的东方
星星引领的术士们疾驰来献上芬芳!
噢快点,阻止他们吧用你浅陋的颂歌,
谦卑地安放在他神圣的脚边,
你将获取那第一个,迎接主的荣光。

See how from far upon the Eastern rode
The Star-led Wisards haste with odours sweet,
O run, prevent them with thy humble ode,
And lay it lowly at his blessèd feet;
Have thou the honour first, thy Lord to greet.

[10] 这首诗的两个不同版本出现在第 104 行：在 1645 年第一次出版的《诗集》中，这一行是“男的说，鬼火有一回迷住他”；在 1673 年的版本中，这一行则是“有一回又被鬼火迷住”。现代的编者们一般参考 1645 年的版本，显示的是一个男故事人用他自己的故事打断了女故事人的讲述。

[11] Edward R. Weismiller 在 *Variorum* 第Ⅱ卷的第 1026-1036 页间精彩地分析了弥尔顿的四音步诗。他涉及诗体学者们有关它们的特点本质上是扬抑格还是抑扬格的论争，得出结论认为，由于很少的诗行是以完整的扬抑格结束，所以这种格律应该被确认为基本的抑扬格。弥尔顿四音步诗中停顿的不同位置（它们的听觉感染力的一种主要来源）经托马斯·格雷在他的《英语格律观察》（Observations on English Metre）中得到了美妙的说明，出自 *Milton 1732-1801: The Critical Heritage*, ed. Shawcross，Ⅱ，250-251。

[12] 不过，参阅 *Variorum* 第Ⅱ卷第三部分，第 1007-1036 页，威斯米勒，“Studies of Verse Form in the Minor English

Poems"。威斯米勒在 1027 至 1028 页之间提到几个被认为是模棱两可的音步的例子，但它们在我看来并不模棱两可。

[13] 这类句法可以迅速变得荒诞，其转变之快在乔伊斯·基尔默(Joyce Kilmer)的《树》(*Trees*)中可见一斑，《树》是对《快乐的人》这部分的模仿：

我觉得我不会看到
一首诗可爱如一棵树，
一棵树在夏天里戴着
知更鸟的窝巢在她发间，
在她的怀抱之上雪落下，
她亲密地同雨一起生活[等等]。

I think that I shall never see
A poem lovely as a tree,
A tree that may in summer wear
A nest of robins in her hair,
Upon whose bosom snow has lain,
Who intimately lives with rain [etc.].

[14] 对这首诗节奏的具体分析，参见威斯米勒，"Studies of Verse Form in the Minor English Poems"。

二　约翰·济慈：完善十四行体

花儿须尽吸土壤的天然汁液 43
才能够绽放它鲜艳的蓓蕾。

(《斯宾塞，有一个嫉美你的崇拜者》，1818年2月5日)[1]

The flower must drink the nature of the soil
Before it can put forth its blossoming.

若我们的英语须经由枯燥的押韵来牵制，
且，十四行诗甜美，就如安德洛墨达①
被戴上脚镣，尽管痛苦得可爱；

---

① 安德洛墨达(Andromeda)，希腊神话中埃塞俄比亚公主，因她的母亲夸耀她的美貌而得罪了海神波塞冬，被波塞冬锁于巨石旁，后被宙斯之子珀尔修斯(Perseus)所救，并与之结婚。

让我们来瞧瞧，如果我们必须被约束，
那么凉鞋编织更好也更完整
适合诗作赤裸的韵脚：
让我们检查一下竖琴，并称一称每根
和弦的重音，且看有什么收获
用勤劳的耳朵，与专注的汇聚；
吝啬于声响与音节，不次于
铸造其钱币的米达斯[1]，让我们
艳羡月桂花环王冠上的枯叶；
所以，假使我们不能让缪斯自由，
她就会被她自己的花冠捆缚。

（《咏十四行体》，作于 1819 年
4 月底或 5 月初）

If by dull rhymes our English must be chain'd,
And, like Andromeda, the sonnet sweet
Fetter'd, in spite of painèd loveliness;

① 米达斯（Midas），又译迈达斯，希腊神话中佛律癸亚（Phrygia）国王，贪恋财富，曾获点金之术，后因之影响生活，被迫乞求神收回这一能力。

Let us find out, if we must be constrain'd,
　Sandals more interwoven and complete
To fit the naked foot of Poesy:
　Let us inspect the lyre, and weigh the stress
Of every chord, and see what may be gain'd
　By ear industrious, and attention meet;
　　Misers of sound and syllable, no less
Than Midas of his coinage, let us be
　Jealous of dead leaves in the bay wreath crown;
So, if we may not let the muse be free,
　She will be bound with garlands of her own.

济慈以一首十四行诗——《初读查普曼译荷马》进入各种诗歌选集，该诗成为他早期最著名的作品，也是本篇论文的中心话题。济慈坚持以一种传承下来的形式进行创作（在济慈那里是十四行体），直至使之成为自己的形式，从而找到自己的声音，在这方面，济慈是青年诗人的典范。二十一岁的时候，他已经仔细考虑了这种形式，作为努力的主要领域，他开始汇编这些作品成为他第一部诗集《诗集》，出版于一八一七年三月。在这本诗集的目录中，诗作以三种类型划分成组——

“诗”“书信体诗”和“十四行体”，其中，十四行体诗占主导部分，共有二十一首。[2]

44 济慈的第二本诗集《拉弥亚及其他诗》发行于一八二〇年，相比之下，其类型仅限于叙事诗、民谣和颂诗。令人惊讶的是，没有一首十四行诗——尽管济慈在一八一七至一八二〇年间完成并保存了大约三十二首十四行诗。他同意拿出这三十二首中的六首发表在杂志或李·亨特①选编的年度诗选《口袋书》中，但在一八二〇年的诗集里，他连已发表的这几首十四行诗也未收入。他不再希望通过十四行诗来辨认其诗人身份——它们过于强烈地让人联想到李·亨特，而他自己曾与后者的诗歌保持距离。在一八一八年三月写给本杰

---

① 李·亨特（Leigh Hunt，1784－1859），英国批评家、随笔作家和诗人，1808 年与其兄约翰创办并主编《检查者》（*Examiner*）周刊，这本杂志除了发表激进的政治主张和自由言论外，也刊发文学作品。李·亨特可谓当时文坛的伯乐，是他将济慈、雪莱、罗伯特·勃朗宁、丁尼生等介绍给公众。1816 年 5 月 5 日，济慈在《检查者》上首次发表诗作《哦，孤独》，同年 10 月，济慈与李·亨特会面，12 月 1 日，李·亨特在论“年轻诗人”的文章中提到并论及济慈，自此，济慈弃医从文。然而，不久后，济慈即意识到他对李·亨特的不信任，并在致友人的信中吐露他的看法。

明·罗伯特·海登①的信中,济慈谈论道:"非常遗憾,人们总是通过将他们自己与(最)美好的事物联系在一起并因而把它们弄糟——亨特就败坏了汉普斯特德(和)面具,以及十四行体与意大利童话。"(L,I,第252页)(尽管如此,一八二〇年的诗集说明济慈通过十四行诗所学到的技艺,因为他为几首颂诗创造的十行诗节将彼特拉克的六行诗节添加到莎士比亚的四行诗中,将他所继承的两种十四行诗体的形式结合在一起了。)[3]

回顾济慈最初的那些十四行诗(如果排除非常早的两首混合体试验之作),我们看到它们都受限于彼特拉克式。经过许多实践之后(本章末关于一八一七年之前的十四行诗的附录中有总结),他创作了十分成熟的彼特拉克体之作《初读查普曼译荷马》,此诗已成为英国浪漫主义文学的经典。《诗集:1817》中其他一些十四行诗——如《"刺骨的寒风阵阵"》和《蝈蝈与蟋蟀》——仍是济慈最常被选入诗歌选集的作品,我把它

① 本杰明·罗伯特·海登(Benjamin Robert Haydon,1786–1846),济慈的友人,历史题材画家。

们视为《初读查普曼译荷马》的背景。尽管这些彼特拉克体十四行[①]之作很成功，但济慈并没有满足于他的成就；一八一八年，二十二岁的他开始倾情于创作莎士比亚体十四行诗，其中既有公认的形式，也有他发明的变体（参见附录关于一八一七年之后创作的编年图表）。

那么，我们可以说，济慈通过成为彼特拉克体十四行诗的学徒而发现自己适合做抒情诗人。尽管他从来没有完全丢开这个形式，但在一八一八年出版浪漫长诗《恩底弥翁》后对莎士比亚悲剧价值原则上的采纳，标志着他在道德（因而也是文学的）立场上发生
45 了明确变化。一八一八年后，莎士比亚升至优势地位——超过了彼特拉克、斯宾塞和查特顿，而莎士比亚体十四行诗[②]成为济慈选择的工具（即便在那时，如

---

① 彼特拉克十四行诗体（Petrarchan sonnet），也称意大利十四行诗，源于十三世纪的意大利。到了十四世纪，意大利诗人彼特拉克（Francesco Petrarch，1304-1374）把这种诗歌形式发展至臻于完善。彼特拉克十四行诗体由八行诗节和六行诗节组成，其韵式分别为 abbaabba 和 cdecde。这种形式在十六世纪传至英国。

② 莎士比亚十四行诗体（Shakespearean sonnet），也称英国十四行诗，是一种以三段四行诗组成，并以一对句结尾的十四行诗，其韵式为 abcb cdcd efef gg。

我第二篇题词所显示的，济慈继续进行十四行诗体的实验）。尽管严格来说，一八一七年后的作品超出我所说明的济慈第一首完美之作的范围，但我将简略地论及“十四行诗体宣言”（the manifesto-in-sonnet form），即《坐下来再读〈李尔王〉有感》，它记录了济慈转向莎士比亚的情形，因为在这首十四行诗中，济慈鉴定并批评了更早期的诗作，而它们也是我此篇论文的主题。

济慈是如何在彼特拉克十四行体中最终达到他极佳的轻松状态的呢？要做到这一点，他必须学习有效使用十四行诗的双段特性，找到他精准的、情绪真实的感觉象征，达到一种对外部世界的亲密感与客观性的结合，让词语（节奏上、句法上和语音上）展现它们的主张，摒弃以自我为中心，并尽可能地推动十四行诗一方面达至一种个人风格，另一方面达至一种史诗境界。为什么十四行诗的形式如此吸引济慈？在他早期彼特拉克十四行体的非悲剧模式中，济慈有哪些失误与成功？他又是如何自我学习，使自己能够（在二十一岁的时候）用这种形式写出生命力恒久的诗作？最后，他为什么会在二十二岁时，决意迫使自己转向莎士比亚，进而以后者为榜样的？

济慈被彼特拉克十四行体所吸引，是因为有他早年的导师李·亨特作榜样[4]，但是，与亨特不同，济慈从一开始就对这种形式的内在延展性充满想象性的兴趣。他的第一首存世至今的十四行诗（《咏和平》〔*On Peace*〕）将一首不规范的彼特拉克式六行诗节（sestet）嫁接到一首莎士比亚式的八行诗节（octave）上；它也违反了十四行诗体形式的规则，将八行诗节中找到的一个韵音延续到六行诗节中：*abab cdcd ddedee*。而且，尽管《咏和平》中的大部分诗行都有五个节拍，但济慈挑战规范的五步格诗（pentameter），给第 9 行诗七个节拍，给第 14 行诗六个节拍。总之，和亨特不同，济慈投入这种形式，就像投入一个工坊，从未停止实验。

46 十四行诗不仅给济慈提供了多样的形式，而且也提供了遵循（并修改）其多种恒久主题的吸引力。尚处在亨特影响下的济慈有时候会在十四行诗的内外探索政治主题——李·亨特的监禁①，一六六〇年复辟，

① 1812 年，李·亨特因在《检查者》发文讽刺摄政王（即威尔士亲王乔治，后来的乔治四世），被判两年监禁（1813 年 2 月 3 日至 1815 年 2 月 2 日）。济慈写有《作于李·亨特先生出狱的那天》一诗。

柯斯丘什科[①]等，但是，他早期关注最多的仍然是那些文艺复兴时期的十四行诗主题：爱情、友谊和艺术。我们可以看到，济慈通过他的十四行诗作全面思考了对这些激烈话题的立场，通常是在二段式彼特拉克体[②]的鼓励和赞同下，以内在辩论的辩证法实现。

尽管济慈喜爱诗性叙事，尤其喜爱它的两种极端形式——粗朴的民谣和离题的故事，他也许在本质上更接近一位沉思的诗人，而不是叙事的诗人，而十四行诗作为一种灵活的沉思容器让他难以抗拒。济慈了解弥尔顿和华兹华斯的努力，他们使十四行诗现代化并扩大了它的形式与主题范围，而济慈的雄心也促使他延续这些令人敬畏的诗人的努力。在生命的最后阶段，他已成功地促进了十四行诗的更新，质疑了它继承

---

① 柯斯丘什科(Thaddeus Kosciusko，1746－1817)，波兰民族解放运动领导者之一，曾参加美国独立战争，屡建战功；领导反对俄、普瓜分波兰的克拉科夫民族起义，建立政权(1794年)，兵败被俘，后流亡英、法、美，逝世于瑞士。济慈写有《致柯斯丘什科》一诗。

② 二段式彼特拉克体(the binary Petrarchan form)，指彼特拉克式十四行体由八行诗节与六行诗节两部分组成的结构。

下来的新柏拉图式的公理①,重新安排了它的韵律,并且使其措辞更人性化。在他短暂创作生涯的最初阶段,他是怎样学会富有原创性地处理十四行诗的主题,谙熟其知性需求,并调整其构造和韵律的形式的呢?

我将从最差的部分开始,然后朝着最好的方向上升,尽管济慈自己的早期轨迹起起落落。他决心掌握彼特拉克式十四行体的形式,在出版第一本《诗集》之前,写下并保存了(正如附录图表中的一八一七年之前的创作所显示的)三十首彼特拉克式十四行体诗作。当我们按时间顺序阅读这些作品,会看到他起初只是单纯费力地遵守八行诗节的规则,找到四个 a 韵和四个 b 韵。一旦找到,他便节俭地重复运用它们,如:第二首中(序号参照我在附录中按时间顺序排列的济慈十四行诗列表)的 fair,air 和 impair 出现在第五首完全相同的次序中;第四首中的 fate 和 elate 马上出现在第五

① 此处或指济慈在写作《恩底弥翁》时期曾受新柏拉图主义影响之论。根据沃尔特·杰克逊·贝特的《约翰·济慈传》(广西师范大学出版社 2022 年 8 月版),二十世纪初一些学者对《恩底弥翁》的阐释带有新柏拉图主义色彩,特别是结合这部叙事作品的寓言性而言。不过,贝特本人对此存疑。

首里；第七首中的 rest 和 drest 再出现在第十二首里；第九首中的 dell 和 swell 用在了第十首里。我可以列举更多，但要点已明了。

不过，即便济慈依赖陈规，他也开始设想更好的韵式。最初的几首存世至今的十四行诗很自然地使用了 47
容易找到的常见的单音节词（如 love〔爱〕和 dove〔鸽子〕），但是，早在《女人，当我看到你！》（第六首十四行诗）中，我们就可以看到一个显著的进步，因为济慈开始寻找有趣的（亦即无法预料的）用韵。例如，第六首中的六行诗韵式——其中没有一个是显见或可预测的——是出乎意料的 tender, adore, defender, Calidore, Leander 和 yore。但是，一种意义更为深远的进步（因为是一种道德意义上的进步）出现在第七首（《轻柔的脚》〔*Light feet*〕——一首关于他对女性敏感情感的诗）之中，在这首诗里，济慈寻找与 lark（云雀）和 mark（标记）相押的韵。他本可以找到一种方法，用某些更适合这首诗主题的词语：dark（黑暗）或 hark（凝听），作为最终韵。然而，押韵的词竟是颇为荒唐的 shark（鲨鱼）。至关重要的是，济慈选择沿着他预想意义的路径行进，即使它产生了不协调。他谈论着他对女性身体魅力的敏感，即（他以自责的口吻说到）他不能佯装未见，尽管它没有“被罕见的美德／修饰过”。但是，当他发现智慧也存在于一个言谈并不令他厌烦或反感的女性身上时，他的耳朵（他补充道，找到了和 lark 相押的韵）“张开如一条贪婪的鲨鱼／去捕捉一种神圣嗓音的协调”。那条贪婪的鲨鱼——尽管荒谬——证明了济慈希望坦言他对美丽之声和睿智语言的渴慕。一位不那么求真的或胆子更小的诗人可能会为了满足更为优雅的韵脚而删掉鲨鱼，但是济慈拒绝以牺牲准确来换取规范。

早期的十四行诗经常是无关紧要的、模仿性的且感伤的。不过，在我们所知最早的十五首十四行诗中，济慈已经尝试过七种十四行诗的类型（H_s，P_{2a}，P_1，P_{3a}，P_{2a+}，P_4 和 H_p，这是采用我附录图表中关于他的十四行诗类型的速记法）。他的第一首知名的十四行诗，如我所言，是莎士比亚体和彼特拉克体诸部件的一种杂糅；并且，在他常见的彼特拉克体模式之内，其中八行诗节形式颇不灵活，他孜孜不倦地从一首十四行诗跳到下一首十四行诗，在六行诗节的诗句与韵律的安排上求变，这种六行诗节的形式对于漫不经心的目光是不可见的，但是对于学徒诗人而言，则是不可回避

的。他也在解决从八行诗节到六行诗节的清晰表达方面积累了经验：例如，他会把一整首十四行诗变成一个 48
单句；或者，他会打破十四行诗，让它成为不对称或跨行连续的句子单元（sentence-units），使八行诗节和六行诗节的韵律单元（rhyme-units）一较高下。这些实验在服务于感觉的过程中得以实现，因为济慈寻求各种手段来表达一系列的情绪，那些强烈到迫使他放弃沉默、进入创作的情绪。

对济慈来说，重要的不仅在于一首十四行诗说出了什么，还在于它作为说出的话语听上去是怎样的。但令这位年轻的诗人感到困惑的是，一个人究竟如何用语言传递情感。对于富有表现力的情绪，他的一些最初的实验完全失败了。济慈怀着为查特顿[1]十八岁时自杀而悲痛的心情，试着通过笨拙的感叹来象征他的同情，结果并不成功：

---

① 托马斯·查特顿（Thomas Chatterton，1752–1770），英国诗歌史上最短命的天才。他曾冒充十五世纪诗人罗利写下“罗利诗篇”，其中有不少精彩的传奇故事。虽为伪托，这些诗作却显示了查特顿的才华。他还写有讽刺诗与歌剧，终因穷愁潦倒，在绝望中自杀。他被视为英国浪漫主义的先驱之一。

哦，查特顿！多么悲惨啊你的命运！
哀伤的宠儿！不幸的爱子！
多快啊，死亡的荫翳蒙住了眼眸，
那里面狂热闪烁过天才，以及崇高的争辩！
多快啊那嗓音，庄严而愉悦，
消散在垂死的低语中！哦！黑夜多么
多么逼近你美好的早晨！

（《致查特顿》，1815）

O Chatterton! how very sad thy fate!
Dear child of sorrow! son of misery!
How soon the film of death obscur'd that eye,
Whence genius wildly flashed, and high debate!
How soon that voice, majestic and elate,
Melted in dying murmurs! Oh! how nigh
Was night to thy fair morning!

多个诗行中的七处感叹号确实表明了济慈对查特顿"悲惨命运"的强烈反应，但是除了惊叹之外没有想到任何句法手段，除了重复近义词（"悲惨""哀伤""不幸"）之外，没有其他语义方式。早期十四行诗展现了许多这样的情感爆发；只在一些作品里，济慈用问号来变化感叹的要点，如他在发现女性之美的修辞态度中体现的：

啊！到底谁能忘怀如此白皙的造物？
谁能忘记她半是羞涩的甜美？
上帝！她就如一只乳白的羔羊咩咩叫着
希求男人的保护。

（《啊，到底谁能忘怀》，1815–1816）

Ah! who can e'er forget so fair a being?
Who can forget her half retiring sweets?
God! she is like a milk-white lamb that bleats
For man's protection.

而这些都在济慈打算**出版**的十四行诗之列，从中我们 49
能推断，还有更差的作品，也许被毁了，甚至从未付诸纸上。正如他一八一六年写给查尔斯·考登·克拉克①时所说："我已经誊写了不久前所写的一两页诗，发

① 查尔斯·考登·克拉克（Charles Cowden Clarke，1787–1877），作家与演说家，济慈中学校长的儿子。

现其中有太多过失,即使是最好的部分也应付之一炬。"(L,I,第113页)

济慈的风格品位在此时此刻依然很不确定,以至于他可能在完全相同的场合写下两首十四行诗,其中一首是好诗,另一首则是坏诗。因此我们不禁要问,是什么过失导致了这种"假"孪生作品误入歧途?在一八一七年的《诗集》中,他发表了两首十四行诗,据查尔斯·考登·克拉克所称,两首诗写作时间很接近,都是详述他在李·亨特的小屋过了一晚后步行回家的情绪。《早间辞别友人有感》令人困窘地采用了传统基督教(一种济慈没有任何精神或情感投入的意识形态系统)的形象。济慈从他与亨特度过的夜晚获得灵感,他渴望(他说)写下一种只有天使才可能写出的诗歌:

给我一支金笔,且让我凭依
在成堆的鲜花上,在明亮、遥远的境域;
带给我比星星还洁白的一块石匾,
或唱着圣诗天使的素手,当看它
在天堂竖琴的银色琴弦间拨动:
且让缀满珍珠的车子,粉色长袍,

波卷的长发，嵌满钻石的瓶罐，
还有那半显的翅膀悄然来往。

（《早间辞别友人有感》，1816 年
10 月或 11 月）

Give me a golden pen, and let me lean
　On heap'd up flowers, in regions clear, and far;
　Bring me a tablet whiter than a star,
Or hand of hymning angel, when 'tis seen
The silver strings of heavenly harp atween:
　And let there glide by many a pearly car,
　Pink robes, and wavy hair, and diamond jar,
And half discovered wings.

从文化角度上讲，这首十四行诗是自动驾驶式的写作，因为诗人借用了十九世纪读者相当熟悉的基督教措辞，以阐明他的精神在其创作热情中“争夺”的“高度”。这位青年诗人试图以他的听众熟悉的而不是对他自己来说真实的元素，来传达他的内在灵感，这危及了他的艺术。

这首笨拙的《早间辞别友人有感》与《“刺骨的寒风 50

阵阵"》出自同一场合，而后者无论在其开头的自然细节，还是在其结尾的文学召唤上，都是一首极其个人化的十四行诗：

刺骨的寒风阵阵，此起彼伏
灌木丛里落叶过半，又干燥；
满天的星星看起来异常冰冷，
而我还有许多英里的路要赶。
但我觉不出一点寒冷凄清，
觉不出枯叶沙沙的凄楚，
觉不出高空燃亮的那些银灯，
觉不出与舒适的窝巢之间的距离：
因为我满心充溢着友情
我在那一小间屋子里寻得；
金发的弥尔顿雄辩的悲痛，
对溺亡的温雅的利西达①呈献全部的爱；

---

① 利西达（Lycid），指的是弥尔顿在剑桥的同窗好友爱德华·金（Edward King），航海时溺水而亡，弥尔顿写下长诗《利西达斯》（1638）以悼念他。

可爱的劳拉[1]身着浅绿色长裙，
忠诚的彼特拉克头戴光荣的桂冠。

Keen, fitful gusts are whisp'ring here and there
　Among the bushes half leafless, and dry;
　The stars look very cold about the sky,
And I have many miles on foot to fare.
Yet feel I little of the cool bleak air,
　Or of the dead leaves rustling drearily,
　Or of those silver lamps that burn on high,
Or of the distance from home's pleasant lair:
For I am brimfull of the friendliness
　That in a little cottage I have found;
Of fair-hair'd Milton's eloquent distress,
　And all his love for gentle Lycid drown'd;
Of lovely Laura in her light green dress,
　And faithful Petrarch gloriously crown'd.

诗里存在一些瑕疵："高空燃亮的那些银灯"来自诗歌仓库的一般性库存，而人类的家庭，为了押韵之需，被

① 劳拉(Laura)，指彼特拉克年轻时心仪的少女，也是他的《歌集》(*Canzoniere*)中的主人公。

笨拙地描述为一个“窝巢”(尽管济慈试图通过缀以缓和性的“舒适”一词来减弱这个词通常和贫穷或肉食动物的关联)。而且,在这首诗中,还存在一定程度被删除的智性:济慈既压制了弥尔顿在《利西达斯》中对腐败的神职人员的苛责,也压制了彼特拉克的基督教悔恨。然而,正因如此,我们觉得我们听到了一位热烈的青年诗人可能记住的《利西达斯》和《歌集》的内容。

济慈独特的双生形容词,在诸如“刺骨的、阵阵”寒风,“落叶过半,又干燥”的灌木丛,以及“寒冷凄清”的空气这些短语里,表明了他在努力寻求一种复杂的精确。这些引人注目的、独创的修饰语,一次同时涉及两
51 种感觉,与另一首十四行诗中常规的单个形容词相去甚远:“银色的”琴弦,“粉色的”长袍,“波卷的”长发和一位“唱着圣诗的”天使。在那首“天使般的”十四行诗中,不存在思想的显著发展或改变,不存在对十四行诗形式的二段性的有效运用:八行诗节想要一支金笔,想要天使的陪伴,而六行诗节仅仅重申那些愿望,想要用这支笔“写下一行辉煌的语调”并承认“独自一人”是不好的。与之相比,《“刺骨的寒风阵阵”》则充满了彼特拉克式十四行体内在的二元对立,在时间上向后倒

叙，从寒冷室外的八行诗节到温暖室内的六行诗节，在其中，诗里逝去已久的角色和那些诗作中死去的作者们，都活了过来。

《“刺骨的寒风阵阵”》中的六行诗节形容词都不是双生的，而是单个的，因为它们不像八行诗节形容词所做的那样涉及声张个人的观念，而是涉及已接受和已知的传统：它们描述文学的审美性和伦理本质。济慈的诗人前辈在诸如“金发的弥尔顿”与“忠诚的彼特拉克”这类个性化称谓中得到人性化的揭示——分别代表美丽和始终如一的人：弥尔顿兼具辩才（一种美学品质）和对死去友人的爱（一种道德品质）；而彼特拉克表现出忠诚（一种道德品质）与——以被阿波罗的月桂加冕而获得的——美学成功。诗人们的所爱之人，其特点通过田园式的名字以及典型的伦理与美学形容词（“温雅的利西达”和“可爱的劳拉”）表现出来。诸如“友情”（friendliness）、“金发的”（fair-hair'd）与“忠诚的”（faithful）等词制造了一条有意义的头韵链（alliterative chain），将社交小屋、一位诗人前辈的个人之美以及那种强烈感情的道德主张联系起来；而铭刻在过去时代文学记忆中的个人感情——弥尔顿的友情，彼特拉克的爱情——在庇佑小屋里的当代社会的友谊中找到其相似性。弥尔顿和彼特拉克诗歌的感官吸引力，在经由循环押韵——cdcdcd——和节奏上哼唱式的六行诗节所传达的“摇篮曲”的声波流动与美学天真中被唤起：济慈是“满心充溢着”“金发的弥尔顿雄辩的悲痛，/ 对溺亡的温雅的利西达呈献全部的爱；/ 可爱的劳拉身着浅
52 绿色长裙，/ 忠诚的彼特拉克头戴光荣的桂冠。”（不足为奇的是，爱上这种流动和声的这位济慈，自一开始便会抵制《李尔王》中刺耳与酷烈的声响。）

济慈已经能够写出这首出色而动人的十四行诗《“刺骨的寒风阵阵”》，为什么还会写《早间辞别友人有感》（带着不真实的基督教符号）？他只是希望取悦那些对身着粉红长袍、有着波卷头发的天使有现成反应的阅读大众？济慈也许担心普通读者不会被那些关于凝望他的星星如何寒冷或关于朋友的一间小屋中的文学交流的诗行所打动。因为济慈本人的慷慨精神使他能够本能地与他的几个收信人——他的两个弟弟、亨特、雷诺兹①、海登深入交流，他一定也希望创造出与他的亲密知交

① 指 J. H. 雷诺兹（J. H. Reynolds，1794-1832），济慈的友人，作家。

之外可能的读者的联系。然而,通过引用基督教符号,违反他自身的思想自由信念,这并不是接触读者的方式。他需要找到自己的经验真实——既非古怪的也非私人的,并以其他人能够回应的形象来揭示它们。

济慈实现了这样一种关于共同感受的潜在分享,他不是简单地复制文学内容("可爱的劳拉"和"忠诚的彼特拉克"),他描述了阅读荷马的印象——不仅通过提及"眉头深邃的荷马"(依照"金发的弥尔顿"的样式),而且通过找到对一个普通读者可以辨识的三个人物来完成:在"诸多环绕西方的列岛"航行的老练的旅行者,天文学者("某个天空观察者")以及探索者("强壮的科尔特斯"①)。这些人物形象令任何读者都能清楚感受文学发现的愉悦。不谙希腊语的济慈知道无知为何物:他自己在读查普曼②之前对荷马史诗没有感

---

① 指埃尔南·科尔特斯(Hernán Cortés,约1485-1547),西班牙探险家,1519年率西班牙军队抵达墨西哥,征服了正处于文明鼎盛时期的阿兹特克帝国。

② 乔治·查普曼(George Chapman,1559-1634),剧作家、诗人与翻译家,英国文艺复兴时期的重要人物,他将荷马史诗(《伊利亚特》与《奥德赛》)译成英文,其译文气魄宏大,译笔自由,是英语中荷马史诗的首译,也是重要的译本。

觉。从无知到了解的高贵旅途在六行诗节对进一步探索的“狂野的猜测”中达到顶点，这被认为是任何读者都会差不多经历的一个过程。而通过与共同经验建立起这种关联，济慈写下了这首使他早年的所有实践达至顶峰的十四行诗：

53 **初读查普曼译荷马**

我已游历过众多金色的国度，
也看到过许多优秀的城邦与王国；
且已见过诸多环绕西方的列岛
那是吟游诗人为效忠阿波罗所献。
我常听人说起过一片广袤天地
那是眉头深邃的荷马统治的疆域；
可我从未呼吸过它的纯净芬芳
直到我听了查普曼的言说高声又大胆：
然后我感觉我像诸天的某个守卫
当一颗新的行星游进他的领地；
或如强壮的科尔特斯有着鹰的双眸
他凝视着太平洋——而他所有的部下
以一种狂野的猜测注视着彼此——

沉默着,凝视着达连①的一座山峰。

(1816 年 10 月)[5]

On First Looking into Chapman's Homer

Much have I travell'd in the realms of gold,
　And many goodly states and kingdoms seen;
　Round many western islands have I been
Which bards in fealty to Apollo hold.
Oft of one wide expanse had I been told
　That deep-brow'd Homer ruled as his demesne;
　Yet did I never breathe its pure serene
Till I heard Chapman speak out loud and bold:
Then felt I like some watcher of the skies
　When a new planet swims into his ken;
Or like stout Cortez when with eagle eyes
　He star'd at the Pacific — and all his men
Look'd at each other with a wild surmise —

---

① 达连(Darien),位于巴拿马与哥伦比亚之间的海湾与地峡一带的总称。济慈诗中描述的发现太平洋的情形实际上并非科尔特斯所为,发现太平洋的是另一位西班牙探险家巴尔沃亚(Vasco Nunez De Balboa,1475-1519)。1500 年巴尔沃亚前往美洲探险,1513 年他率领西班牙人和印第安人组成的探险队,开始了穿越巴拿马地峡(即达连地峡)的远征,9 月 25 日,他登上了地峡西部高原的顶峰,望见了太平洋。

Silent, upon a peak in Darien.

在这一首由两个句子构成的十四行诗中,首先令我们吃惊的,是济慈的结构掌控能力,其标志是济慈在组织八行诗节时用精心描绘的时态构成的稳固句法链:“我**已**(*have*)游历过众多……”“**已**(*have*)见过诸多环绕西方的列岛”“我常听人说起**过**(*had*)……”“可我从未呼吸**过**(*did*)……”“直到我**听了**(*heard*)查普曼……”通过现在完成时和过去完成时句式稳步推进叙事悬念,造成了“直到我听了”这一简单的过去式对耳朵的震动,仿佛一个响亮的声音说出来:而从视觉向听觉的转变也创造了一种平行的冲击力。第一行中让步句的策略性缺省(比如“**尽管**我已游历过众多金色的国度”)造成了开始的四行诗被正式的行末标有段落符号的诗行所框定,似乎出自一个有着成熟的乃至有点自鸣得意的奥德赛式智慧的人之口,不惧怕被超越:“我已游历过……也看到过许多优秀的城邦与王国。”悬念始于一种传闻中“广袤天地”的提及,这片天地被荷马所统治,而令人惊讶的是,对于这位游历广泛的言说者
54 依然是未知的。济慈刻意模糊的描述短语“广袤天地”

引出了内含的问题：这片“天地”是一座岛屿，一个邦府，一个王国？“广袤”有多大？人们可以到那里吗？到那里又会是什么感觉？

六行诗节继起的过去式——“然后我感觉”——出现在两个明喻当中，代替了八行诗节的穿越已知世界的海上旅行者的隐喻。而一旦我们看到第一个明喻——即诸天的守卫，觉察到一颗新的行星——我们可能会问：“为什么这首诗不在这里结束呢？为什么一个补充的明喻——即‘强壮的科尔特斯……而他所有的部下’——是必要的？”倘若济慈满意于那个天文学者的适用性，他本可以轻易再写四行诗对那个明喻详加说明。引入了济慈随后的、代用的明喻的那个“或”（“或如强壮的科尔特斯”），加上以复数出现的一众人——科尔特斯和“他所有的部下”代替单数的守卫，说明关于早先的天文学者形象有点不那么完备。“然后我感觉我像——”“像这个”，济慈说，然后纠正自己——“或[反而][更]像那个”。济慈连续运用的明喻显示他在寻找一种满意的精准的透视图，以表现他的感觉轮廓。（和隐喻不同，明喻总是意味着暂时性。）

正是我们意识到济慈对合适明喻的积极寻找——

"阅读查普曼的荷马是什么感觉?"——建立起我们对他的六行诗节的响应。呼唤穿粉色长袍的天使或甚至召唤彼特拉克与劳拉,都不需要积极的思考。我们突然发现,在《初读查普曼译荷马》的六行诗节中,《书信集》中强健的济慈——一个积极地与经验搏斗的家伙,开始了对经验分类和记录。六行诗节中全然的忘我——因为至此突出的"我"完全消失了,成为"然后我感觉"之后一个有声的代词,表明济慈投身于一种普遍存在的而非局部个人化的生命形象(life-images)的宝库。正如我们看到他第一次发明接着又放弃的"天文学者",我们理解这个角色现在对他而言似乎太消极、太孤立、太虚弱了。天文学者,独自处在他持久而周到的警戒中,在身体上没有做出任何积极行动以获取新知识:正是行星,有着其本身的能量,"游进"他的领
55 地。而且,特别关键的是,这位天文学者不能够探访他所注视的"广袤天地":它是不能接近的。此外,天文台是一种孤独的体验:当这位守卫巡视他的行星,不会有其他人在场。这些参照的不足迫使济慈对他的新知识再进行一次更令人满意的表述——一个不同于他更早获得的(不是在程度上而是在性质上不同的)发现。

当“强壮的科尔特斯”凝视着太平洋，荷马诗歌的“天地”就不是显现为一块陆地——可与老练的旅行者已经见过的那些岛屿或国邦相媲美的一座岛屿或者一个国邦，而是一整片海洋，为未来的探索者提供了不可胜数的海岸与岛屿。此外，“科尔特斯”是与他“所有的部下”共同完成了他的发现的，就像济慈对荷马的发现，不仅通过那些“常常”向他提及荷马的交际圈，而且借助了用外语写下古代文本的文化中间人查普曼。一个人并不是独自完成了文学的发现，而是作为由作家、读者和译者构成的跨历史的文化团体的一员而获得这一发现的。

回想起八行诗节中游历丰富的言说者一开始那隆重的抑扬顿挫的语调，吸引我们的，不仅是关于诸天守卫的两行诗在相对镇定的步调中那不被打扰的节奏的持续性，还有随后出现的对一个更宏大——但依然是人类可探索的——发现层面的更精确描述中，那种节奏上的平静被打破了。济慈用三个包含了强元音的重音音节——“或如强壮的科尔特斯”（“Or like stout Cortez”）——展开了一个新世界的远景，接着，令人惊讶地最终找到这一新世界的相应节奏，他用一个破折号，一个强跨行连续，再一个破折号，以及一个罕见的首音步(first-foot)逗号，搅乱了最后三行诗。

我们看到，年轻的济慈已经学会了写一首“完美的”彼特拉克式十四行体，这样的诗——借用弥尔顿的一个短语——是读者们“不愿意让其消亡的”①诗。如果诗歌成熟的主要标志包括了一种可共享的符号的发明，句法同叙事的贴合，形象之于经验的智识上的适当性，以及一种节奏上具有说服力的个人声音，那么，我们可以说，一八一六年十月，在济慈写下这首十四行诗时，他已经成熟了。

这首十四行诗的六行诗节与那首《“刺骨的寒风阵
56 阵”》的六行诗节押相同的韵：cdcdcd，但此处的断句与代表着“温雅的利西达”和“可爱的劳拉”的那种孩子般(即便可谓专注的)的音乐相去甚远。济慈的文学胃口已经从美丽之物转向了艰难之物与激情之物，转向了一种诉诸和传递力量的意愿，而非美好与感伤。劳拉与利西达依然留在美丽之物的国度；但是“强壮的科尔

① 1642年初，弥尔顿在他出版的小册子中提到，他想创造出不朽的，诸如世人“不愿意让其消亡的”作品，二十五年后，他出版了史诗《失乐园》。

特斯”，正如大家所言，属于史诗性的崇高（the epic sublime）。这首十四行诗中，有三个词最能唤起这种崇高感：鹰、凝视和狂野。济慈富有独创性地写下“讶异的眼睛”（wond'ring eyes）①，这双眼睛依然属于田园诗温和的境界。通过把这个形容词修改为鹰（eagle），他将大地抛在身后而升入天空，不是借助鹰的双翼，而是鹰的锐利视力。[6]我们可能期待科尔特斯去“看”（通过标题的研读〔looking into〕和部下们的注视〔the men's look'd at〕类推），但是取而代之的，是（并不美丽的）科尔特斯炽烈地凝视（stare），一个固定住的词，而不是漫游沉思或远望镜奇观。而且尽管科尔特斯的部下们注视彼此，但他们这么做的时候带着一种“狂野的”猜测，而不仅是一种好奇或满意的注视。

当然，年轻的济慈还不能牢牢把握这种崇高。那首“天使般的”十四行诗②——一首在关于查普曼的荷马一诗“之后”的创作——如我们所见，泄露了他对感

① wond'ring eyes，是济慈此诗第一稿中的用词，原稿该句为“或如强壮的科尔特斯，有着讶异的眼睛”。

② 指上文提到的《早间辞别友人有感》一诗，按文德勒本章附录中的索引，此诗写于《初读查普曼译荷马》之后。

性的基督教圣像符号的妥协。尽管如此，济慈因大胆处理凶猛而野心勃勃的科尔特斯形象，为他在史诗领域进一步探索做好了准备，而那些探索最终引向《海伯利安的覆亡》中的泰坦女巨神蒙奈塔（the Titaness Moneta）步入内心的，然而是历史性的、悲剧的剧场。她关于人类悲痛的沉思将取代男性英雄气概的成就，成为济慈式崇高的场所。早在一八一六年（但不是在一首十四行诗中），济慈就预见甚至默许了一种对悲剧的献身，当时在《睡与诗》（第 122–125 行）中以简短的三行半，他瞥见了自己的未来：

而我终究能否告别这些快乐呢？
是的，我必须舍弃它们以求
更高尚的生活，我要找到
人类心中的痛苦与冲突。

And can I ever bid these joys farewell?
Yes, I must pass them for a nobler life,
Where I may find the agonies, the strife
Of human hearts.

我们稍后会谈到济慈一八一八年的十四行诗，表明他转向了悲剧性。但是，首先我想指出他早期精通十四行诗的第二种表现方式，亦即作为济慈的特色，像他在《初读查普曼译荷马》中以其自身的方式达到崇高一样。我指的是济慈在一些早期十四行诗中所达到的成就，亲密、超然的客观性与轻快的一种复杂结合（我们在弥尔顿的《快乐的人》中见过这些品质），既非悲剧性的也非喜剧性的。这些方面出现在《“刺骨的寒风阵阵”》里的双生形容词中，但是，它们在那首与李·亨特轻松地竞赛的小十四行诗《蝈蝈与蟋蟀》里，抵达了它们早期的济慈式的顶点。[7] 57

叶芝曾经说过，“渐逝的时光最后的赠礼”是“一篇书面讲话／充满着大笑、美好与闲适”（《关于一幢被地震动摇的房子》）。《蝈蝈与蟋蟀》展示了那最终的赠礼。因恐惧而忧郁是其背景（在预兆性的词语“间断”和“终止”中得到表达），是表达夏日盛宴的八行诗节使它变得轻盈。（六行诗节中）通过冰冷的词语“孤独”“冬天”和“沉寂”而表现的沉重，则因活泼的动词“尖叫”与不太文气的“火炉”一词而幽默起来。短短几分钟写就，它显示了完美与毫不费力的优雅。只有实践十四行诗的形式直至其成为第二天性的诗人——这是济慈留存于世的第二十六首十四行诗——才能够自发地即兴写下《蝈蝈与蟋蟀》。而亨特虽然也高频率地写作十四行，但他那首与济慈比赛的诗却是失败之作。亨特的那首是一首耽于奇想的十四行诗，而济慈的则是一首富于想象力的十四行诗。

《蝈蝈与蟋蟀》写于十二月三十日，时值隆冬，正是沉寂的霜冻和《幽思的人》中的蟋蟀停在炉边的时光。但是，济慈没有从霜冻和蟋蟀开始，正如他没有从残梗散碎的田野开始秋天的颂歌（虽然那田野启发了诗人写这首颂歌）。相反，他那修复性的想象力——季节循环总是盘旋其中——从匮乏加速前进至丰盈；正如他会从果实累累的苹果树和夏末满溢的蜂巢开始他的《秋颂》，他的这首十四行诗始于为歌声潜在的死亡所困的不安，而伴以抑制不住的蝈蝈的滑稽跳跃：

58 **蝈蝈与蟋蟀**

大地的诗歌从未死去：
当所有鸟儿晕眩于骄阳，
躲进阴凉的树中，一个声音鸣响

在新割的草地边的一丛丛树篱间；
那是蝈蝈在鸣叫，——他带头
在夏日盛宴上，——从不停下
他的欢唱；而当玩得累了
他便在那愉快的小草底下自在休息。

On the Grasshopper and Cricket

The poetry of earth is never dead:
  When all the birds are faint with the hot sun,
  And hide in cooling trees, a voice will run
From hedge to hedge about the new-mown mead;
That is the Grasshopper's — he takes the lead
  In summer luxury, — he has never done
With his delights; for when tired out with fun
He rests at ease beneath some pleasant weed.

在济慈那里，对自然现象的吸纳有时似乎表示懒散或消极。但是，当不引起负疚感时，它就会提供深切的享受，尤其显现在这首不经意间勾勒而成的十四行诗中，济慈的美学成熟表现在没有刻意追求夸大或节制的效果。然而，《蝈蝈与蟋蟀》是一首无声地直面不可挽回的丧失的诗。言说者已经心怀忧惧地注意到，鸟儿黎明的合唱已堕入沉寂，因为那是盛夏的正午，鸟儿都躲进了“阴凉的树中”。他内心一个声音担忧地说道：“大地的诗歌已死。”四下里寻找着，为反驳那个声音，诗人声言：“不：正午也有其音乐：鸟儿也许沉默了，但是我听到蝈蝈的歌声。”

第 3-4、5-6、6-7，甚至 7-8 行诗引人注目的跨行，模拟了蝈蝈富有弹性的行进中连续的跳跃。济慈已经学会如何让句法模拟身体的移动，由此，这首十四行诗短语的运动精妙地展现了其自身的观察。八行诗节中被追踪的这种移动——在篇首的断语反驳济慈有关大地的诗歌确实可能会死亡的不祥预感之后——即蝈蝈歌唱着在树篱间的跳跃。我们被跨行所牵扯，跟随他的跳跃，以三种连续的声调，而紧跟其后的第四种声调让他得到休息：“那是蝈蝈在鸣叫”的[蹦跳]——“他带头／在夏日盛宴上”[蹦跳]——“从不停下／他的
59 欢唱”[蹦跳]——“而当玩得累了／他……休息。”树篱间蹦跳的蝈蝈是水平运动的，所以诗人一定要给他提供蹦去的地方。因此济慈着手布置了风景中水平与垂直的元素：他提到树木、树篱、一块新割的草地以及

一株“愉快的”小草。到八行诗节的末尾，每一层的高度都得到确立，从被修剪过的草坪的地表，到一株小草小小的垂直度，到树篱所达到的高度，所有这些都比树木的高度和安静的鸟巢要低。（这种密实的三维场景素描将在《夜莺颂》中，通过创造虚拟的树荫而达到其想象的完美，在那首诗中言说者在黑暗中不能看见，而只是“猜想”他周围的每一样事物。）当我们与蝈蝈一道“鸣响 / 在……一丛丛树篱间”，我们凭直觉感受到大地诗歌的连续轨迹，因为蝈蝈充满生机的声音通过其出现而构成了这些轨迹，济慈看到，即使鸟儿归于沉默，在夏季还有一种断断续续的声音，迄今未被注意，却可供聆听；而我们共享了诗人对此的感激之情。

在六行诗节中，诗人以不同的形式重复了开篇的抗辩，充分利用彼特拉克式十四行体所提供的二段形式，但是诗人戏耍了这种形式。六行诗节的起句似乎仅仅重复了八行诗节的起句，而我们想象，六行诗节的起句不过是八行诗节的一次重申。然而，济慈强有力地运用了这个六行诗节，展示了这两个显然完全一致的断言是对完全不同威胁的反击。他已事先坚称“大地的诗歌从未死去”,来回答那位阴险的内在交谈者,后者断言,夏天的沉默意味着大地的诗歌此刻已死。这位交谈者现在又回应了,但这次是用第二种忧郁的断言来反驳愉快的八行诗节,与他的第一个断言(“已死”)类似,但是以时间的推移扩展它(到“正在消亡”):“好吧,即使大地的诗歌还没有**完全**死掉,它也是在消亡的**过程**中;当冬天来到,就不会有歌声,无论是鸟儿的还是蝈蝈的。”“大地的诗歌永不会间断”——济慈对这种暗含的警告所作的朝气蓬勃的驳斥——体现在第二种自然生物身上:弥尔顿的炉边的蟋蟀。现在已是冬天;我们在室内;热量不来自自然的太阳,甚至
60 不来自可见的火,而是来自现代的、平淡的火炉;这部分诗的第一个跨行呈现的不是一种夏日鸣响的跳跃,而是比鸟儿暂时歇声更甚的死一般寂静的潜入:

> 大地的诗歌永不会间断:
> 在一个孤独的冬夜,当严霜
> 酿成一片沉寂,从火炉边有蟋蟀
> 尖声歌唱。

The poetry of earth is ceasing never:
　　On a lone winter evening, when the frost
　　　　Has wrought a silence, from the stove there shrills
The Cricket's song.

济慈对蟋蟀的表现是一种延缓式的,因为他把第二个从句——"蟋蟀之歌"的语法主语留到了最后。与八行诗节发生在一个普遍季节的叙事不同,六行诗节提供了一种更简洁的叙述,即关于一个冬夜的叙述:

在一个孤独的
　　冬天的　　　　　　　　　　蟋蟀的歌唱。
　　　　夜晚,　　　　　　　　尖声发出
　　　　　　当严霜　　　　从火炉边上
　　　　　　　　已酿成一片沉寂,

On a lone
　　Winter　　　　　　　　the Cricket's song.
　　　　evening,　　　　　there shrills
　　　　　　when the frost　　from the strove
　　　　　　　　has wrought a silence,

句法沉降，逐字逐词，达至冰冷沉寂的最低点，接着被蟋蟀出乎意料的鸣叫神奇地打断。这足以成为解脱的原因，但这首诗不只提供解脱；它还提供欢乐。蟋蟀的歌声不是在音量或频率上不断提升，而是在“温度”上渐渐提升，从而使它不间断地歌唱：它自己即冬季房间的精神热源，就如火炉是身体的热源一般。

这首诗仿佛是在为它自己辩护，抵御它那不可见的交谈者的反对之辞，它在其八行诗节中已转向欢欣与幻想，作为其日历式客观性的装饰；它允许自己进行愉快的人格化虚构，鸟儿“晕眩”，而蝈蝈“玩得累了”。
61 但当恐惧再次回到诗人身上，六行诗节脱离幻想并调整为沉重之力。即使在夏天某个时刻听见蝈蝈，并在冬天的某个时刻听见蟋蟀，这些孤立的实例本身并不能证明诗人两次有力的反驳中那绝对的“从未”或“永不”（never）。甚至蟋蟀的歌声不断放大的温暖也不证明大自然音乐不间断的连续性，尽管进行时态的动词“上升”（increasing）和济慈明确的“不断”（ever，以挑衅的积极态度与反驳的“永不”〔never〕押韵）可能是叫人安心的。通过这两句断言，我们已经得到保证，在大地的诗歌中，有我们还没有抵达的一种恒久与断不开的持续性。我们已经看到了两幅单独的至福小图案，但它们之间没有联系。

只有到最后一刻，当我们变得与年轻的济慈式想象（尽管被客观地描述为第三人称的"一个人"〔one〕）的甜蜜睡意亲密起来时，我们才发现不间断的至福的循环：

从火炉边有蟋蟀
尖声歌唱，在不断上升的温暖中，
仿佛一个人睡意昏沉，恍惚间，
以为是蝈蝈在草坡上高歌。

from the stove there shrills
The Cricket's song, in warmth increasing ever,
And seems to one in drowsiness half lost,
The Grasshopper's among some grassy hills.

经由开启八行诗节与六行诗节的断言式反驳而主张的知识的客观性，并没有被这种幻想所打断，这种幻想如此小心翼翼地通过"仿佛"（seems）、"睡意昏沉"

(drowsiness)和"恍惚"(half lost)这些词而得到说明。这是一种自知的奇想,因为听者仅仅是"恍惚"迷离;但它是一种切实的奇想,是两个已经被赋予的音乐战胜沉默的启示——夏天的和冬天的,因为未被打破的至福循环毕竟是对一年的每个时刻都合乎逻辑的推断。正是想象力通过设定两个季节性启示的自然同一性而闭合了这个循环。短语"草坡"(grass hills)对"蝈蝈"(grasshopper)的谐音产生的魔幻效果,成为冬日之歌延至夏日之歌那悦耳的连续性的语言标志。头韵的反
62 复——对每个听者如梦的慰藉——使得一年中的每个时刻都成为一首潜在的自然之歌。如若不是七月的蝈蝈,那就会是八月的蜜蜂;如果不是十二月的蟋蟀,那就会是三月知更鸟的鸣叫。这种寓意是一种信念和警觉:倾听吧,你们会听见。但这样的寓意永远不能通过单纯的客观关注得到说明:是想象力和梦想实现了这种推断性的启示。

正如我们看到的,济慈已经在《初读查普曼译荷马》中找到一种令人信服的、世俗的且可分享的崇高,并且在《蝈蝈与蟋蟀》里找到了赋予幻想、幽默和想象力以空间的一种稳固的自然客观性。但是萦绕他心头的(正如他

在《睡与诗》中所言）是悲剧，而他迄今仍在十四行诗中回避它。他如何能将悲剧性吸收到十四行诗中？他对创痛与冲突的承认仅在一八一七年的《诗集》出版后的十四行诗体里才出现。济慈抒情诗理论的这个转折点发生在一八一八年的一月二十二日，当时，他创作了一首关于《李尔王》的十四行诗。他在同一天写信给本杰明·贝利[①]，一口气提到弟弟汤姆持续的咯血和他决定着手写的十四行诗："我弟弟汤姆正强健起来，但他的咯血还在继续——昨晚我坐下来读《李尔王》，感觉到其中的伟大之处，这使得我写下一首十四行诗的初稿。"（L，I，212）[②]汤姆的病——他后来死在这一年——极有可能迫使济慈的想象力转向悲剧；又或许汤姆的境况重新激发了济慈对母亲之死的回忆，使他能够承认一种悲剧感，这种悲剧感从他孩提时代就已存在，只是长久以来在他的诗歌中被压抑了。在给贝利写信的同一天，

---

① 本杰明·贝利（Benjamin Bailey，1791–1853），1817 年 3 月或 4 月间，经雷诺兹介绍与济慈相识，他们交往的时间虽短，但据贝特的研究，本杰明·贝利或许是最后一位对济慈的思想发展产生重要作用的密友。

② 参考傅修延译《济慈书信集》（东方出版社 2002 年 1 月版）第 76 页，傅修延的译著中这封信的写作时间为 1 月 23 日。

他写信给他的两个弟弟，在描述他的“智识”“一步步走向成熟”的语境下，他提到了《李尔王》：

> 我觉得自己最近思想上有点变化——我不能容忍无所事事与了无情趣的状态了，而在过去很长一段时期内，我是一个耽于消极慵懒的人——为了创造出伟大的产品，没有比在智识上一步步走向成熟更好的事情了——譬如说吧——昨天我坐
> 63 下来重读《李尔王》，忽然心血来潮，觉得需要有首十四行诗来为其作序，于是就把它写下并开始朗读起来。(L,I,214)[①]

这首有关《李尔王》的十四行诗标示了济慈与“浪漫传奇模式”(the Romance mode)在智识上决裂的确切时刻，他早期大部分十四行诗均出自上述这种模式。在一八一八年一月二十二日那个冬日，济慈通过有意重读《李尔王》，促使自己回顾写作彼特拉克式十四行体时的精神状态。《坐下来再读〈李尔王〉有感》，一首

---

① 傅修延译《济慈书信集》，第79页。

混合体十四行诗，将其诚意接连献给两位不同的缪斯。在彼特拉克式十四行体的八行诗节中，济慈向斯宾塞浪漫传奇中的女性缪斯致意，向她告别（那众多济慈式的告别之一，在颂歌中达到顶点）[8]：

噢，金嗓子的浪漫传奇，幽静的鲁特琴！①
美好有羽的塞壬，仙乡之女王！②
请在这冬日里收起那婉转的旋律，
合上你古老的书页，安静。
再会！

O golden-tongued Romance, with serene lute!
　Fair plumèd syren, queen of far-away!
　Leave melodizing on this wintry day,
Shut up thine olden pages, and be mute.
Adieu!

---

① 鲁特琴（lute），也称琉特琴，是一种曲颈拨弦乐器。此词一般指自中世纪至巴洛克时期欧洲的一种古乐器的总称，也是文艺复兴时期欧洲最风靡的一种家庭乐器。

② 塞壬（Syren），即 Siren，古希腊神话中半人半鸟的女海妖，以优美的歌声引诱航海者和水手，使船触礁或驶入危险海域。

济慈在这里摈弃了宁静、仙乡和女性的、爱欲形态的缪斯。他为自己离弃浪漫传奇寻找理由，解释说，他打算再一次面对阅读《李尔王》的经验——这部剧中没有正义，只有痛苦与为之所困的另一面，欢乐。在那首关于查普曼的十四行诗中，阅读荷马的经验是通过遥远的宇宙视域和绝妙的海洋发现的明喻来表现的；但是，阅读莎士比亚悲剧的经验要求济慈的，不是临时的明喻，而是恒久的隐喻。在这些隐喻之中可怕的第一个是，他宣称，必须“烧穿”（burn through）这部剧“在遭受天谴／与充满激情的肉体间的激烈争论”；而我们稍后在这首诗中了解到，他期望在那次阅读的模仿之火中“被燃尽”。济慈第一次读《李尔王》，据我们所知，是颇为
64 勉强的一次；他忍受其痛苦，不能够完全屈从于其灼热的力量。现在，他决定自愿献身于这火葬的柴堆。但是，他的第二个隐喻忆起这部戏剧不仅是一份伦理文献，一种对饱受折磨的生活的激烈模仿，而且，它也是一个审美对象，给人细腻的感觉，一枚甘苦互参之果，他必须谦卑地“品鉴”。济慈通过采用一个交错配列法（一种 abba 式的语义学配列，它总是先见的象征，是有意识安排的象征，与更“自然的”abab 式线性意识流形

成反差),平衡了他在面对这部戏剧时必须采取的两个隐喻性(分别为道德的与美学的)的行为。在交错配列法中,我们看到了“名词–动词–动词–名词”:他必须“烧穿”的“争论”,以及对它那“甘苦互参之果”的“品鉴”:

再会!因为,再一次,在遭受天谴
与充满激情的肉体间的激烈争论
我必须烧穿它:再度谦卑地品鉴
这枚甘苦互参的莎士比亚之果。

Adieu! for, once again, the fierce dispute
　Betwixt damnation and impassion'd clay
　Must I burn through: once more humbly assay
The bitter-sweet of this Shaksperean fruit.

在向浪漫传奇的女性缪斯告别的彼特拉克式十四行体的八行诗节后,济慈现在又增加了一个依据莎士比亚式十四行体押韵的六行诗节,因为它是献给他新近接受的男性缪斯的:莎士比亚,这位并非遥不可及而是近在咫尺的——阿尔比恩[1]、李尔和济慈的英格兰的王者。令人惊讶的是,它还有第二位(复数的,也许含蓄地暗示是女性)题献对象,“阿尔比恩的青云”,具有(借助莎士比亚《十四行诗集》的“唯一之父”的典故)“我们深刻而不朽的主题之父们”的气质。这些青云(像他们在关于懒惰和忧郁的颂歌中的同仁们一样[2])似代表了悲剧的永恒主题背后超然而又不断萌生的悲伤;它们滋生了无尽的泪水。早些时候,对于济慈来说,阅读似乎可以比作在希腊群岛和未知大陆上的异国之旅,但如今它变成了(以积极的隐喻,而不是推测性的明喻)在济慈所继承的领地——李尔王的德鲁伊英国(Lear's Druidic Britain)的原始橡树林中——一种不确定的漫游:

首席诗人！阿尔比恩的朵朵青云,
我们深刻而不朽的主题之父们！
当我深入这座古老的橡树林,

① 阿尔比恩(Albion),英格兰或不列颠的雅称,常用在诗歌中。

② 指济慈的《怠惰颂》和《忧郁颂》。

别让我在一片贫瘠的梦中徘徊。

Chief Poet! and ye clouds of Albion,
　Begetters of our deep eternal theme!
When through the old oak forest I am gone,
　Let me not wander in a barren dream.

济慈害怕迷失在悲剧忧惧的森林中,像一位犯错的斯宾塞式的人物,他希望对浪漫传奇有意的拒绝能带来些益处,这种浪漫传奇曾经是同他的理想化的年轻想象力最为契合的体裁。一八一八年的《恩底弥翁》在整体上是对浪漫传奇的一个辩护;它的副标题正是"一部浪漫传奇"。什么能够替代浪漫传奇及其美丽的羽饰呢?这一在火焰中燃尽的生物能够戴着不同的羽翼飞升吗?

但是,当我在这片火焰中燃尽,
给我一对凤凰新翼,让我随欲高飞。

But, when I am consumèd in the fire,
Give me new phoenix wings to fly at my desire.

尽管《坐下来再读〈李尔王〉有感》致力于莎士比亚的悲剧，它仍应被视为一首“早期”诗作，因为济慈依然渴望羽翼：他还没有“换羽”，没有为了“立于尘世上的有耐力的双腿”（一八一九年七月十一日致 J. H. 雷诺兹的信，L，Ⅱ，128）而放弃羽翼。尽管如此，这首诗认可了悲剧体验的必然性，一种在主题上对十四行诗从斯宾塞式的浪漫传奇向莎士比亚式悲剧明确转变的象征性认可，以及在形式上对一种彼特拉克式八行诗节向一种莎士比亚式六行诗节转变的象征性认可。

接下来，这位诗人是不是完全拒绝斯宾塞的旋律和他誓言中彼特拉克式的鲁特琴，去品尝莎士比亚式的果实，进入莎士比亚式的森林，并在莎士比亚式的火焰中燃烧呢？（借助头韵，济慈将三个词语，果实〔fruit〕、森林〔forest〕和火焰〔fire〕，连接在莎士比亚式的一束辅音丛中。）济慈对他更早时期的诗歌“主持者”在精神上的慷慨将会阻止这样一种完全排斥的姿态。故而，彼特拉克被准予了八行诗节韵式；而尽管济慈依据莎士比亚体为他的六行诗节**押韵**，他结束这首诗时，又依据斯宾塞体**细察**了这一行。这首诗结束的六音步
66 诗行——“给我一对凤凰新翼／让我随欲高飞”，则回

首向斯宾塞结束他的《仙后》诗节时采用的六音步诗行致敬。[9]

我们可以将这首写于一八一八年的关于《李尔王》的十四行诗视为济慈对他本人早期诗歌(包括彼特拉克式十四行体)的回顾性批评。它们望向远方,望向宁静的旋律,以及浪漫传奇梦想的理想化;它们既不承认论争,也不承认天谴与火焰;它们不想视人类为“肉体”,即便是“充满激情的肉体”。它们的果实是甜的而非“甘苦互参”;它们不要求其读者在进入它们的辖区时被消耗殆尽。它们选择宜居的阴凉处或梦幻之峰,而不是可能有差错的森林。在有关《李尔王》的十四行诗中内含了济慈的自我批评,类似于他在为《恩底弥翁》而作的“前言”中写到的那些,这些批评是严厉的,但当他在病危的弟弟汤姆面前了解到,他早年有关悲剧的认识(他的双亲和还是婴儿的弟弟爱德华过早的死亡,以及在母亲再婚后抚养了他多年的亲爱的外婆在一八一四年离开人世)与他一八一七年之前的大部分作品刻意拒绝悲剧性事件及情绪之间存在着明显的冲突时,这些自我批评又是合理的。当我们读到这些青春时期的彼特拉克式十四行诗作,我们必须注意到,它们是如何专注于抑制济慈已然苦涩地了解到的灾难性的事故、致命的疾病、早逝和永久失去的一切。

济慈会写下比一八一七年的十四行诗更伟大的诗作，而他的十四行诗学徒期将继续，向更大胆的形式探索，此后他不仅写下了强有力的莎士比亚式十四行诗，如《明亮的星》，而且也写下了技艺高超的、非常规的十四行诗《致睡眠》和《若我们的英语须经由枯燥的押韵来牵制》等。华莱士·史蒂文斯谈及关于写作一首扩展的诗时所说——就好像是给一位姑娘[①]的拉长的窗下情歌，各种各样的好感都会从中消失——可以用来说明掌握一种体裁之前那漫长的学徒期。一八一四至一八一七年间，济慈在早期的十四行诗实践中，语言、句法、节奏、押韵和结构形式方面都得以成长，通过科尔特斯和蝈蝈找到勇敢与轻盈，为自然观察找到独特的形容词，为亲密的社交热情找到有说服力的语调，卓
67 有成效地运用了十四行诗的二段体（室外与室内，已知的和新的相对）。此外，因为他能够从错误中吸取教训，发现借用传统符号（无论是爱国主义的符号，如在

① 原文（señorita）为西班牙语。

《致柯斯丘什科》中的；或是宗教的符号，如在《早间辞别友人有感》中出现的）是传达真理的一种障碍。尤其是他表现出一种莎士比亚式的热忱，通过明喻和隐喻，寻求与他的经验细节相适应的虚构关联。于是，他找到了格律与句法的手段，来匹配可爱劳拉的悦耳节奏，达连之发现的不连贯节奏，一个蝈蝈跳跃的活跃节奏以及《李尔王》的道德与美学双重需求的交错节奏。通过早期的彼特拉克式十四行诗的作品，他成为我们所知的济慈。换成别的年轻诗人可能满足于这首关于荷马的"完美的"十四行诗。济慈心灵与精神的深度则要求他在一年之内继续进入凤凰燃烧的窝巢，去写作莎士比亚式的果实、森林与火焰的十四行诗。

注释

［1］济慈诗的援引和标记时间均出自 *The Poems of John Keats*, ed. Jack Stillinger（Cambridge, Mass.: Harvard University Press, 1978）。济慈书信的援引和标记时间出自 *The Letters of John Keats: 1814–1821*, ed. Hyder Rollins（Cambridge, Mass.: Harvard University Press, 1958），在文本中用缩写"L"标出，接着是卷数与页码。

[2] 在济慈的第一类"诗"中,实际上有一组是三首十四行诗组成的系列组诗,给济慈的文学恩人李·亨特的献诗也是一首十四行诗,故全书一共二十一首十四行诗。第三类的十七首十四行诗没有以写作的时间顺序排列:济慈的十四行诗《致我的弟弟乔治》排在第二类中的第一首,作为书内的家庭献诗:"但是,若没有同你的思想交流 / 又谈何天空与大海的奇迹?"

[3] 尽管四行诗与六行诗形式是颂诗的基本,但是似乎在济慈创作的时候,莎士比亚式的对句并不在他的考虑范围内(尽管在《秋颂》中,它可能影响了他在六行诗中内置对句的神奇阻断效果的发明)。

[4] 济慈的早期创作追随亨特,后者的十四行诗都是彼特拉克式十四行体(尽管在下面的引文中,亨特提供了其他种类的例子:素体十四行①,"带尾韵"的十四行体②,斯宾塞式

---

① 不押韵的五音步诗行。

② 又称弥尔顿式十四行体,它是在彼特拉克式十四行体后增加两个尾韵三联句,因此,带尾韵的十四行体在结构上可分为四个部分:前八行为第一个部分,后六行为第二个部分,然后是两个三联句。第一部分的韵式为 abbaabba,第二部分的韵式为 cdecde,第一个联句的第一行诗只有三个音步,与第 14 行诗押韵,后两行诗相互押韵,第二个三联句也同样是三音步抑扬格诗,它的第一行诗同第一个三联句的最后一行诗押韵,后两句诗相互押韵。与彼特拉克式十四行体相比,它因增加了两个三联句而成为 20 行的十四行诗。

十四行体①和莎士比亚式十四行体等诸如此类)。亨特写了关于柯斯丘什科、海登和尼罗河等的十四行诗,济慈模仿过;他也玩过十四行诗的节奏游戏,但仅有一次,一整首十四行诗,作为"叠韵十四行诗"(Iterating Sonnet),押单独的复合词"美国"的韵。参见李·亨特 *Poetical Works*, ed. H. S. Milford (London: Oxford University Press, 1923),235-253。亦参见亨特的《论被称为十四行诗的诗歌的培育、历史与变体》("Essay on the Cultivation, History, and Varieties of the Species of Poem called the Sonnet")收入 *The Book of the Sonnet*, ed. Leigh Hunt and S. Adams Lee (Boston: Roberts Brothers, 1867),3-91。

[5] 济慈将"眉头低锁"(low-brow'd)更正为"眉头深邃"(deep-brow'd),并用"可我从未呼吸过它的纯净芬芳"替换了原本模糊暧昧的两行诗,表明了他自我批评的才能,即使他写下的这一首诗已经远远好于之前的作品。

[6] 借助抬升的双眼,而不是双腿,达到一种特定的高度,济慈可以将冷静与"迅疾"(wingedness)结合起来。他达到与在《秋颂》中相同的效果。《秋颂》的最后一行,不是说群

---

① Spenserian,在结构上以前12行诗和后两行诗两部分组成,前12行诗由3个四行诗组成,后两行诗则是一个双音节诗,韵式为ababbcbccdcd ee,斯宾塞式十四行体的韵式有一个明显的特点,即每个4行诗在押韵上互相衔接,这种韵式被称为吻韵(kissing rhyme,"abba")。

集的燕子“自”(from)空中呢喃(由此将它们的观察者置于比它们低的地面,接受它们的歌唱),而是说它们“在”(in)空中呢喃(使观察者抬升他的双眼,达到它们呢喃的位置)。

[7] 为了对比,我将亨特那首劣诗引录于此:

致蝈蝈与蟋蟀

阳光明媚的草地上绿色的撑杆跳小生物,
在六月的感觉里抓住你的心,
慵懒的正午能听到的专有之声,
甚至当蜜蜂落后于召唤的铜管;——
而你,温暖的小管家,与那些
认为蜡烛来得太早的人同班,
热爱着火,并用你诡计的曲子
割伤这快乐沉默的时刻当它们过去;——
哦甜蜜而小小的表兄弟,它俩
一个属于田野,另一个属于灶台,
二者都有你们的阳光;二者,虽小,但强壮
在你们清澈的心间;二者都被派到土中
在沉思的耳朵里歌唱这自然之曲——
在门里门外,——夏日冬天,——欢笑。

(《诗歌作品》,第 240 页)

To The Grasshopper And The Cricket

Green little vaulter in the sunny grass
  Catching your heart up at the feel of June,
  Sole voice that's heard amidst the lazy noon,
When ev'n the bees lag at the summoning brass; —
And you, warm little housekeeper, who class
  With those who think the candles come too soon,
  Loving the fire, and with your tricksome tune
Nick the glad silent moments as they pass; —
O sweet and tiny cousins, that belong,
  One to the fields, the other to the hearth,
Both have your sunshine; both though small are strong
  At your clear hearts; and both were sent on earth
To sing in thoughtful ears this natural song —
  In doors and out, summer and winter, — Mirth.

[8] 李·亨特曾写过一首十四行诗《诗人们》,诗中提出了荒岛问题(the desert-island question)①,他选择了斯宾塞而不是莎士比亚,作为悲伤中的慰藉:

但是我带哪一个,我只能带一个吗?

---

① 概指如果只能带一本书去荒岛孤独生活一阵子,你会带谁的书之类的问题。

莎士比亚,——只要我未受世界的

重量所压迫,让悲伤的思想更强烈;

但我真的希望,离开这寻常的太阳,

让一颗受伤的心在枝繁叶茂处歇息,

并梦想遥远而治愈的事物——斯宾塞。

(《诗歌作品》,第 239 页)

But which take with me, could I take but one?
Shakespeare, — as long as I was unoppressed
With the world's weight, making sad thoughts intenser;
But did I wish, out of the common sun,
To lay a wounded heart in leafy rest,
And dream of things far off and healing, — Spenser.

[9] 尽管济慈也有其他的诗以一句六音步诗行结尾(1,13,57),而只有在这里,其效果似乎最具主题意义。

附录：济慈创作的十四行诗

时间和页码出自 *The Poems of John Keats*, ed. Jack Stillinger (Harvard University Press, 1978)。 68

十四行诗类型，按韵式分类

在诗行较长的情况下，我在受其影响的行号后下标指出音步数：例如，14_6 表示一个最后的六步格。押韵方案是标准的类型。我在押韵**单元**下画线，比如四行诗或四音步句或对句，当它们出现在济慈的八行诗节或六行诗节中的时候。它们有助于识别济慈式六行诗节不同的组成部分。

常规类型

P＝彼特拉克式十四行体：abba abba 八行诗节，加六行诗节。九种类型，以六行诗节的形式划分。

40 首十四行诗（1814–1818）以彼特拉克式十四行体八行诗节开始。它们的六行诗节类型如下：

P_1＝cde cde（两组押韵三行句）

　6 首十四行诗：#10，12，19，26，30，38（1815–1817）

P_2＝莎士比亚式十四行诗体八行诗，加？

69 P_{2a}＝cdcd cd（莎士比亚式十四行体四行诗加延续的韵）

　22 首十四行诗：#2，3，4，5，6，7，8，11，17，18，20，21，23，28，29，32，33，34，36，39，43，51（1814–1818）

P_{2a+}＝cdcd cd 及 14_6

　1 首十四行诗：#13［“致一位朋友”］（1816）

P_{2a-}＝cdcd［c-］d：缩短的第五行，不押韵

　1 首十四行诗：#22［“伟大的精神”］（1817）

P_{2b} = cdcd dc（莎士比亚式十四行体四行诗加反向韵）

1 首十四行诗：#25［“厌憎地写下”］（1816）

P_3 = 彼特拉克式十四行体四行诗，加？

P_{3a} = cddc dc（彼特拉克式十四行体四行诗加反向韵）

2 首十四行诗：#9［“哦，孤独”］（1815）

1 首十四行诗：#16［“多少诗人”］（1816）

P_{3b} = cddc ee（彼特拉克式十四行体四行诗加莎士比亚式十四行体对句）

1 首十四行诗：#31［“这令人愉快的故事”］（1817）

P_4 = c dede c（被夹在内的四行诗）

4 首十四行诗：#14，#35，#37（1817），#50（1818）

P_5 =（不含四行诗的六行诗节）

2 首十四行诗：#24［“致柯斯丘什科”］（1816）

［cdedce］

#27［“昏暗的空想之后”］（1817）

［cdefdf］

彼特拉克式十四行体共 40 首。

S＝莎士比亚式十四行体（三组交替押韵的四行诗加对句）

S：常规莎士比亚式十四行诗

14 首十四行诗：#41，42，44，45，47，48，49，52，53，56，58，60，63，64（1818–1819）

S^+：带 14_6 的莎士比亚式十四行体

1 首十四行诗：#57［“曾经当赫尔墨斯”］（1819）

莎士比亚式十四行体诗共 15 首。

常规体十四行诗共 55 首。

非常规类型

H＝Hybird（混合体）。三种类型：

70 H_P＝彼特拉克式十四行体的八行诗节加莎士比亚式十四行体的六行诗节［cdcd ee］：

2 首十四行诗：#15［“致我的兄弟乔治”］（1816）

#53［“近来有两道佳肴”］（1818）

H_{p+}＝彼特拉克式十四行体的八行诗节加莎士比亚

式十四行体的六行诗节，带 14_6：

一首十四行诗：#40［“坐下来再读”］（1818）

H_{S++} = 莎士比亚式十四行体的八行诗节加彼特拉克式十四行体的六行诗节［dd ed ee］，带 9_7 和 14_6。

一首十四行诗：#1［“咏和平”］（1814）

混合体总计 4 首。

I = 不规则押韵十四行诗。三种类型：

3 首十四行诗：

#59［“致睡眠”］（1819）

莎士比亚式十四行体的八行诗节加六行诗节 bc efef

#61［“这男人多么激昂”］（1819）

莎士比亚式十四行体的八行诗节加六行诗节 efe gg f

#62［“若以枯燥的押韵”］（1819）：

abc ab（d）c abc dede（三行押韵诗句，四行诗）

U = 不押韵十四行诗：

1 首十四行诗：#46［“噢你的脸庞感到了冬天的风”］（1818）

D＝十二行诗节，译自法语的十四行诗的简化型：

1 首十四行诗：#55［“大自然在诸天扣留卡桑德拉”］（1818）

其他计 5 首。

总共计 9 首。

合计，规则和不规则的共 64 首。

71 济慈创作的十四行诗，带创作和首次发表的日期

注释的关键：

＊＝发表在《诗集：1817》中，二十一首十四行诗。罗马数字表明《诗集：1817》在标题为“十四行诗”组诗中的十四行诗的数目。除了那十七首十四行诗之外，《诗集：1817》中还包含一首十四行诗的献诗和一首诗（在“诗”的条目下），起句为“女人！当我看到你”：这首诗包括三节，每一节都是一首彼特拉克式十四行体。

为了本表,我将其算作三首十四行诗。

*= 在《诗集：1817》之前发表在杂志上的作品,但未收入那本诗集的：两首十四行诗:“当昏暗的潮气……之后”与“这令人愉快的故事”。

* * =在《诗集：1817》之后发表在杂志上的作品(济慈在《诗：1820》中没有收入十四行诗)：六首十四行诗。

斜体字 = 1817 年之前创作的未发表十四行诗：九首。

括号里的数字指的是杰克·斯蒂林格所编《约翰·济慈的诗》中的页码。

《诗集：1817》出版之前创作的十四行诗总数=32

《诗集：1817》出版之后创作的十四行诗总数=32

济慈创作的十四行诗总数=64

《诗集：1817》之前创作的十四行诗

1.《咏和平》(28)

[1814 年 4 月?(1905 年发表)]

H_{S++}：混合体：莎八行诗节,彼六行诗节

(dd ed ee),带 9_7 和 14_6

2.《如同来自一只银鸽渐深的阴暗》(31)

[1814 年 12 月(1876 年发表)]

P_{2a}:彼特拉克式十四行体,带 cdcd cd

72 3.《致拜伦勋爵》(31)

[1814 年 12 月(1848 年发表)]

P_{2a}:彼特拉克式十四行体,带 cdcd cd

4.《噢查特顿!多么悲惨啊你的命运》(32)

[1815 年(1848 年发表)]

P_{2a}:彼特拉克式十四行体,带 cdcd cd

5. *《作于李·亨特先生出狱的那天》(32)

[1815 年 2 月 2 日;《诗集:1817》,Ⅲ]

P_{2a}:彼特拉克式十四行体,带 cdcd cd

6. *《女人!当我看到你轻浮、虚荣》(40)

[1815–1816;《诗集:1817》]

P_{2a}：彼特拉克式十四行体，带 cdcd cd

7. *《轻柔的脚，暗紫罗兰的眸，和分开的发》（40）
[1815–1816；《诗集：1817》]
P_{2a}：彼特拉克式十四行体，带 cdcd cd

8. *《啊！到底谁能忘怀如此白皙的造物？》（40–41）
[1815–1816；《诗集：1817》]
P_{2a}：彼特拉克式十四行体，带 cdcd cd

9. *《哦，孤独！若我必须与你同住》（41）
[1815？发表于 1816 年 5 月 5 日之前，《诗集：1817》，第Ⅶ]
P_{3a}：彼特拉克式十四行体，带 cddc dc

10. *《我有一个男人的美貌，那么我的叹息》（44）
[1815 或 1816 年？《诗集：1817》，Ⅱ]
P_{1}：彼特拉克式十四行体，带 cde cde

11. *《致一位长久处在城市压抑中的人》（53–54）

[1816 年 6 月;《诗集: 1817》,X]

P_{2a}: 彼特拉克式十四行体,带 cdcd cd

12.《噢! 我多么热爱,在一个美好的夏夜》(54)

[1816(发表于 1848)]

P_{1}: 彼特拉克式十四行体,带 cde cde

73 13. *《致送我玫瑰的一位朋友》(54–55)

[1816 年 6 月 29 日;《诗集: 1817》,V]

P_{2a+}: 彼特拉克式十四行体,带 cdcd cd 和 14_6

14. *《幸福啊英格兰! 我可以满足于》(55)

[1816?《诗集: 1817》,XVII]

P_{4}: 彼特拉克式十四行体,带 c dede c

15. *《致我的兄弟乔治》(55–56)

[1816 年 8 月;《诗集: 1817》,I]

H_{p}: 混合体: 彼八行诗节,莎六行诗节 (cdcd ee)

16. *《多少诗人为时光流逝而修饰》(63-64)

[1816?《诗集：1817》,Ⅳ]

P_{3a}：彼特拉克式十四行体,带 cddc dc

17. *《初读查普曼译荷马》(64)

[1816 年 10 月;《检查者》,1816 年 12 月 1 日;《诗集：1817》,XI]

P_{2a}：彼特拉克式十四行体,带 cdcd cd

18. *《刺骨的寒风阵阵,此起彼伏》(64-65)

[1816 年 10/11 月;《诗集：1817》,Ⅸ]

P_{2a}：彼特拉克式十四行体,带 cdcd cd

19. *《早间辞别友人有感》(65)

[1816 年 10/11 月;《诗集：1817》,XII]

P_{1}：彼特拉克式十四行体,带 cde cde

20. *《致我的弟弟们》(66)

[1816 年 11 月 18 日;《诗集：1817》,Ⅷ]

P_{2a}：彼特拉克式十四行体,带 cdcd cd

21. *《写给海登》[“高尚者”](66–67)

[1816;《诗集：1817》,XIII]

P_{2a}：彼特拉克式十四行体，带 cdcd cd

22. *《写给海登》[“伟大的精神”](67)

[1816 年 11 月 20 日;《诗集：1817》,XIV]

P_{2a-}：彼特拉克式十四行体，带 cdcd [c –] d [缩短的第五行]

74 23. *《致 G. A. W》(67–68)[“低眸微笑的仙女”](67–68)

[1816 年 12 月;《诗集：1817》,VI]

P_{2a}：彼特拉克式十四行体，带 cdcd cd

24. *《致柯斯丘什科》(68)

[1816 年 12 月;《检查者》,1817 年 2 月 16 日;《诗集：1817》,XVI]

P_{5}：彼特拉克式十四行体，带 cdedce(无四行诗节或六行诗节)

25.《为反感庸俗的迷信而作》(88)

［1816 年 12 月 22 日（发表于 1876 年）；汤姆在草稿上加了“十五分钟内写就”］

P2b：彼特拉克式十四行体，带 cdcd dc

26. *《蝈蝈与蟋蟀》（88–89）

［1816 年 12 月 30 日；《诗集：1817》，XV］

P_1：彼特拉克式十四行体，带 cde cde

27. *–《当阴郁的潮气压迫我们的平原》（89）

［1817 年 1 月 31 日；1817 年 2 月 12 日之前（发表于 1848 年）］

P_5：彼特拉克式十四行体，带 cdefdf（无四行诗节或六行诗节）

28.《致一位送我一顶桂冠的女士》（89–90）

［1816/1817？（发表于 1848）］

P_{2a}：彼特拉克式十四行体，带 cdcd cd

29.《收到来自李·亨特的一顶桂冠有感》（90）

［1816 年底或 1817 年初（发表于 1914 年《泰

晤士报》)]

P_{2a}：彼特拉克式十四行体，带 cdcd cd

30.《致看到我戴桂冠的女士》(90–91)

[1816 年底或 1817 年初(发表于 1914 年《泰晤士报》)]

P_{1}：彼特拉克式十四行体，带 cde cde

31. *–《这愉快的故事就像一丛小灌木林》(92)

[1817 年 2 月;《检查者》,1817 年 3 月 16 日;《晨报》1817 年 3 月 17 日(发表于 1835)]

P_{3b}：彼特拉克式十四行体，带 cddc ee

75 32. *《致李·亨特先生》(92–93)

[1817 年 2 月;《诗集：1817》,献词]

P_{2a}：彼特拉克式十四行体，带 cdcd cd

《诗集：1817》之后创作的十四行诗

33. **《观埃尔金大理石雕有感》(93)

[1817 年 3 月;《优胜者》,1817 年 3 月 9 日;

《检查者》,1817 年 3 月 9 日;《美术年鉴》,1818 年 4 月;(发表于 1848 年)]

P_{2a}: 彼特拉克式十四行体,带 cdcd cd

34. **《致海登,附一首十四行诗〈观埃尔金大理石雕有感〉》(93)

[1817 年 3 月;《优胜者》《检查者》及《美术年鉴》同上条]

P_{2a}: 彼特拉克式十四行体,带 cdcd cd

35.《咏一幅利安德画像,受赠于我善良的朋友雷诺兹小姐》(94)

[1817 年 3 月(发表于《瑰宝: 文学年鉴 1829》)]

P_4: 彼特拉克式十四行体,带 c dede c

36.《咏里米尼的故事》(95)

[1817 年 3 月(发表于 1848 年)]

P_{2a}: 彼特拉克式十四行体,带 cdcd cd

37. **《咏海》(95)

[1817 年 4 月 17 日致 J. H. 雷诺兹的信;《优胜者》,1817 年 8 月 17 日;(发表于 1848 年)]

P_4: 彼特拉克式十四行体,带 c dede c

38.《在他与猫头鹰和蝙蝠住在一起之前》(98-99)(《尼布甲尼撒王之梦》,第二首)

[1817 年? (发表于 1896 年)]

P_1: 彼特拉克式十四行体,带 cde cde

《恩底弥翁》(跨行韵对句)

76 39.《致雷诺兹夫人的猫》(222)

[1818 年 1 月 16 日(发表于 1830 年)]

P_{2a}: 彼特拉克式十四行体,带 cdcd cd

40.《坐下来再读〈李尔王〉有感》(225)

[1818 年 1 月 22 日(发表于 1838 年)]

H_{1+}: 混合体: 彼八行诗节加莎六行诗节及 14_6

41.《当我害怕我会停下》(225-226)

［1818 年 1 月末；已遗失的 1 月 31 日致 J. 雷诺兹的信（发表于 1848 年）］

S：莎士比亚式十四行体

42.《时光之海渐渐退潮已达五年》(232)

［1818 年 2 月 4 日（1844 年发表于《胡德杂志》；1848 年）］①

S：莎士比亚式十四行体

43.《致尼罗河》(233)

［1818 年 2 月 4 日（发表于 1838 年和 1848 年）］

P_{2a}：彼特拉克式十四行体，带 <u>cdcd</u> cd

44.《斯宾塞，有一个嫉羡你的崇拜者》(233-234)

［1818 年 2 月 5 日（发表于 1848 年）］

S：莎士比亚式十四行体

① 《胡德杂志》(*Hood's Magazine*) 为托马斯·胡德 (Thomas Hood, 1799-1845) 1844 年所编，胡德是英国诗人、漫画家、雕刻家，上文提到的《瑰宝：文学年鉴 1829》也是他编辑的。

45. 《蓝色！这天堂的生活，辛西娅的领地》(234)

[1818 年 2 月 8 日(发表于 1848 年)]

S：莎士比亚式十四行体

46. 《噢！你的脸感受到冬天的寒风》(235)

[1818 年 2 月 19 日致 J. H. 雷诺兹的信(发表于 1848 年)]

U：无韵，但是语义单位由两个行末有标点符号的四行诗、一个行末有标点的对句以及一个最终的四行诗构成，因此偏向于莎士比亚式十四行体的形式。

77 47. 《四季循环成为一年》(238)

[1818 年 3 月 6–7 日；1818 年 3 月 13 日致贝莱信；《口袋书》1818 年(发表于 1829 年)]

S：莎士比亚式十四行体

48. **《致 J. R. [詹姆斯·莱斯]》(244) [“噢那一周”] (244)

[1818 年 4 月？(发表于 1848 年)]

S：莎士比亚式十四行体

《伊莎贝拉》(意大利八行诗体)

49.《致荷马》(264)

[1818(发表于 1848)]

S：莎士比亚式十四行体

50.《谒彭斯墓有感》(266)

[1818 年 7 月 1 日,录于已遗失的同一日致汤姆的信,杰弗里转录(发表于 1848 年)]

P_4：彼特拉克式十四行体,带 c <u>dede</u> c

51. **《致艾尔莎巉岩》(272)

[1818 年 7 月 10 日;收入 1818 年 7 月 10–14 日致汤姆的信;《口袋书》1819 年;(发表于 1828 年)]

P_{2a}：彼特拉克式十四行体,带 <u>cdcd</u> cd

52.《这千日的致命身体》(272)

[1818 年 7 月 11 日(发表于 1848 年)]

S：莎士比亚式十四行体

53.《最近有两道美味放在我面前》(274–275)

[1818年7月18日；录入1818年7月17–21日致汤姆的信(发表于1873年)]

H：混合体：彼特拉克式的八行诗节加莎士比亚式的六行诗节

54.《给我讲一堂课，缪斯，还要大声点》(279)

[1818年8月2日；录入1818年8月3日、6日致汤姆的信(发表于1838年)]

S：莎士比亚式十四行体

78 55.《大自然在诸天扣留卡桑德拉》(285–286)：译自法语十四行体的十二行诗节

[1818年9月21日(发表于1848年)]

D：十二行诗节，不规则押韵 abab caca dede，因而接近莎士比亚式，尽管法语原本是彼特拉克式十四行体。

《圣亚尼节的前夕》(斯宾塞式诗节)

56.《今夜我为何大笑？没有人告诉我》(323)

[1819 年 3 月;录入 1819 年 2 月 14 日至 3 月 3 日致乔治和乔治安娜·济慈的信(发表于 1848 年)]

S：莎士比亚式十四行体

57. **《仿佛赫尔墨斯迷恋于翅膀的轻拍》(326)

[1819 年 4 月;录于 5 月 16 日致乔治和乔治安娜·济慈的信;1820 年《指示灯》杂志;1821 年《伦敦杂志》(发表于 1837 年,1848 年)]

S^+：莎士比亚式十四行体带 14_6

58.《明亮的星,愿我与你一样坚定》(327-328)

[1819 年(发表于 1838 年)]

S：莎士比亚式十四行体

《海伯利安》(素体诗)

59.《致睡眠》(363-364)

[1819 年 4 月底? 录于 1819 年 2 月 14 日至 5 月 3 日致乔治和乔治安娜·济慈的信(发表于 1838 年)]

I: 不规则押韵,带莎士比亚式十四行体的八行诗节: <u>abab</u> <u>cdcd</u> bc <u>efef</u>

60.《咏声名》(366–367)["声名,像一位任性的女孩"](366–367)

[1819 年 4 月 30 日;录于 1819 年 2 月 14 日至 5 月 3 日致乔治和乔治安娜·济慈的信(发表于 1837 年,1848 年)]

S: 莎士比亚式十四行体

61.《咏声名》(367)["这人简直在发烧"](367)

[1819 年 4 月 30 日;录于 1819 年 2 月 14 日至 5 月 3 日致乔治和乔治安娜·济慈的信(发表于 1848 年)]

I: 不规则押韵,带莎士比亚式十四行体的八行诗节: <u>abab</u> <u>cdcd</u> bc efe gg f

62.《若我们的英语须经由枯燥的押韵来牵制》(368) 79

[1819 年 5 月 3 日或之前;录于 1819 年 2 月 14 日至 5 月 3 日致乔治和乔治安娜·济慈的信(发表于 1836 年,1848 年)]

I:不规则押韵:abc ab(d)c abc dede(六行诗节,四行诗节)

《奥托大帝》(素体诗)

《拉弥亚》(英雄对句)

《海伯利安的覆亡》(素体诗)

63.《日子已逝,所有的甜蜜已逝》(491-492)

[1819 年(发表于 1838 年,1848 年)]

S:莎士比亚式十四行体

64.《我哀求你的怜悯——同情——爱!——是的,爱》(492)

[1819 年(发表于 1848 年)]

S:莎士比亚式十四行体

三　T. S. 艾略特：发明普鲁弗洛克

噢上帝，有点耐心 83
宽恕这些渎职的行径——
我会说服这些浪漫的激愤
用我古典的坚信。

T. S. 艾略特，手稿页[1]

O lord, have patience
Pardon these derelictions —
I shall convince these romantic irritations
By my classical convictions.

诗人们对他们自己早期作品的债务容易被忽略……每一个写诗的人……都不会满意于他的表达，并想要再一次使用这原初的感受，独创的意象或节奏，让自己满意。

T. S. 艾略特，《诗人们的借贷》[2]

The debts of poets to their own earlier work are apt to be overlooked. ... Every man who writes poetry ... will be dissatisfied with his expressions and will want to employ the initial feeling, the original image or rhythm, once more in order to satisfy himself.

我知道我如何感受吗？我知道我思考什么吗？
让我带上墨水和纸，让我带上铅笔和墨水。

（《三月兔》，第 80 页）

Do I know how I feel? Do I know what I think?
Let me take ink and paper, let me take pen and ink.

成年，对大多数人而言，意味着对自己的信念、忠诚与依恋做出决定。对诗人来说，成年则还需要找到他或她自己独特的语言，个人的语言范式，这正是我在T. S. 艾略特这一篇特别要提及的问题。由于克里斯托弗·里克斯已经在《发明三月兔》一书中，编辑并极好地注释了艾略特的早期诗歌（1909–1917），我们便能在一个更好的位置，理解艾略特如何看待自己学徒期的写作以及怎样训练自己，从而使他能够在二十岁时写下第一首伟大的诗——《J. 阿尔弗雷德·普鲁弗洛克的情歌》。我专注于艾略特早期的“开场戏”(Curtain Raisers)——我从这位自贬的诗人那里借用的一个词——并非要宣称《普鲁弗洛克》之前的这些诗作伟大或具有文学上的恒久性。不过，它们都呈现出一种强烈的愿望，想找到一套可用的话语，借以表现非常棘手的材料。

困扰年轻艾略特的棘手材料(简略总结)包括：对于性既有一种清教徒式的怀疑，又有着浪漫的幻想；既有一种对诗歌历史传统的高度意识，又有对诗歌必属 84
于当代时刻的信念；既有一种强烈的分析的智性，又有一种对戏剧(甚至情节剧)的渴望；一种对宗教普遍的吸引而不是对任何教派的成人依恋；以及一种与严厉的反讽抗争的新英格兰式得体形式。智性与性欲对抗，反讽与情节剧抗衡，恪守常规又抗拒着浪漫主义。尽管艾略特像任何初学者一样，需要找到适合其材料的结构与文类，但鉴于其耳朵的音乐感，他在想象力方面优先考虑的是找到话语——扩大的语言系统——为他内心交战的特征发声。受勃朗宁的启发,艾略特有时把这些审美、性欲和智识的情感投射到戏剧性的人物身上。不过,内在的抒情自我也想要说出自己的话,而在年轻作家身上,那种直接的个人声音与戏剧性人物的具体化的声音交替出现。我想在这里细察年轻的艾略特于一九一一年创作的《J. 阿尔弗雷德·普鲁弗洛克的情歌》时所借用并完善的话语。

在散文中,艾略特一次又一次回到他和同时代年轻美国诗人们在成长过程中遭遇的"习语困境"(the dilemma of idiom)[①]。在英国或美国的现场,根本没有年长的诗人可以作为榜样:"我认为不能一概而论,"艾略特在一九四六年回顾道,"在这两个国家,没有哪位诗人对于一九〇八年的一个初学者有用……勃朗宁与其说是帮助,不如说是个障碍,因为他在发现当代习语方面已经走了一段路,但还不够远……问题依旧:我们

---

① 英文 idiom 一般译为习语、成语,用在描述文学写作时,也可译作"语言风格",根据文德勒对艾略特的描述,此处的 idiom 虽也有"语言风格"的意思,但文德勒所分析的艾略特早期创作中的难题所涉及的 idiom 多指诗人的出身和教育背景下,一个阶层人的语言习惯,并非诗人个人的语言风格。同时,也为了避免与汉语中所指更宽泛的"文学风格"概念的混同,此处译作"习语"。

从斯温伯恩①走向何处？而答案看来是，无处可去。”[3]“唯一的依靠，”艾略特继续道，“是其他时代的诗歌与其他语言的诗歌。”因此如我们所知，他先是转向但丁，继而转向现代法国。

在但丁那里（由朗费罗在新英格兰复活），艾略特找到一种神学话语，比他的新教教养所提供的神学话语更严格，在智性上也更复杂；尽管但丁式的话语支撑了艾略特长期的精神需求，但他不能使之发挥持久的诗学效用，直到他写下《四个四重奏》。在法国诗人中， 85
波德莱尔和拉福格对他最为重要。波德莱尔的贡献更多在于主题，而非习语方面，因为他向挑剔的年轻人艾略特展示了“现代大都会更为污秽之处的……诗的可能性”“污秽的真实与变幻不定之间融合的可能性”。但是，拉福格遗赠给艾略特有关习语的关键礼物——真正的现代语言顺序和语调，通过它们，词语得到令人满意的组合。正如艾略特在一九五〇年所忆：“例如于勒·拉福格，我可以说，他是第一个教会我如何说话的

① 阿尔杰农·查尔斯·斯温伯恩（Algernon Charles Swinburne，1837-1909），英国诗人、剧作家、评论家。

人,还教会我如何用自己的言语传达诗意的种种可能。”在气质和表达形式两个方面,拉福格都“像是一位深受仰慕的兄长”。[4]

有时候人们会忘记,对一位青年诗人而言,一个主要的历史语境便是当他对语言运用变得自觉时所意识到的那些“话语”。首先,每个年轻作家都会发现,他在历史层面深深扎根于其家庭和受教育的话语中,这些话语似乎总是已知的。即使如艾米莉·狄金森这样的作家选择坚定地留在童年时代起就熟悉的那些话语中,但她也必然会亵渎性地或至少怪异地使用它们,从而将其转化成自己的一种习语。艾略特觉得无法完全摒弃由家庭和受教育的文化给予他的表达方式;但是,考虑到它禁欲式的慎言和语言形式,他发现它不足以传达两性之间不安的关系,不足以表现内心的折磨。除了继承而来的家庭话语与学校话语之外,年轻的作家还听到周围同代人的社会方言(sociolect),而他必须决定携带多少登程,使之个人化,成为自己的言语。

艾略特在早期诗作中做语言实验时,检验了对他来说可用的各种话语,家庭的和现代的,本土的和国外的,修改并扩展这些言说方式,以创造一种新诗歌来表现性意义上以及心理层面的冲突。这些实验在他第一首完全成功的诗作中达到极致，这是一首奇怪的抒情诗，伪装成一种戏剧独白，被称为“J. 阿尔弗雷德·普 86
鲁弗洛克的情歌”，本章会重点讨论它。（我也会分析题为“普鲁弗洛克的失眠症”的晦涩片段，它被插在《三月兔》笔记，《普鲁弗洛克》第 69–75 行之间，但是出版时被艾略特删去。）[5]

在艾略特所处的上流社会新教环境中，言行的准则几乎无情地被限制在它所允许的两性对话范围内。尤其是女性，通常被限定为一种处子的端庄，外带一些可接受的肤浅“文化”趣味：“房间里女人们来来去去 / 谈论着米开朗琪罗。”在某些方面，艾略特的母亲给了他一种不同的女性话语模式：她本人就是诗人，知识渊博，思考严肃。不过，艾略特自己令人吃惊地举例说明了在夏洛特·艾略特看到不是她儿子而是另一个人发表在校报上的青春期诗作之后母子之间谈话时的慎言倾向。“她作了一番评论，当时我们正沿着圣路易斯的博蒙特大街走路，她觉得它们比她所写的诗都要好一些。我知道她的诗对于她来说意味着什么。我们没有进一步讨论这件事。”[6]尽管交流对艾略特而言很重要

（他回忆起它发生的确切时刻与地点），但也许没有比艾略特归于沉默的结尾句更能揭示这个家庭的行为规矩了："我们没有进一步讨论这件事。"

尽管在这个例子里，母子之间存在一种沉默的相互谅解，而这类新教言语的抑制，出现在艾略特诗歌中的时候通常预示一种迟钝的非相互性。虽然社交活动得到模拟，但内心和灵魂的接触并未发生。这种对话对于一个关注个人表达的本真性的人来说极其痛苦，而折磨人的是，这种对话会持续很长一段时间，如在一九一〇年所写的《一位女士的肖像》（艾略特在《普鲁弗洛克》之前最具雄心的诗作，也同《普鲁弗洛克》一样，是一段戏剧独白）里的那样。这位引诱也剥削着人的女主人与她年轻的熟人道别，因为他出国而"背叛"了她，她想知道"为什么我们没有发展成为朋友"。这位年轻人自己这边，在她的暗示与影射面前，面对所有
87 那些"要说的话，或不说的话"感到自己完全是虚伪的，他痛苦地讽刺自己参与了那些由她定下基调的冷淡而乏味的谈话：

> 而我……必须借由一种变化着的形状

来表达自己——跳舞，跳舞
跳舞，像一只跳着舞的熊，
像鹦鹉般呜哇学舌，猿猴般喋喋不休。

（《三月兔》，第330页）

And I ... must borrow every changing shape
For my expression — dance dance
Dance like a dancing bear,
Whistle like a parrot, chatter like an ape.

显然，《一位女士的肖像》中出现的这位年轻人没有大声说过任何话，虽然我们知道，在和女赞助人的常规散步中，他曾口头上“艳羡（过）纪念碑，讨论（过）之前的事件”。在《肖像》中，艾略特不能为他的男性代理人找到一种可用言辞表达的公共习语，这位男性代理人只能通过自我贬低的描述——“哇呜学舌”和“喋喋不休”来激发他自身的言语；因而，他只是以他的内心独白表现这位年轻人。艾略特大概可以听见潜含在这首诗里虚假的社会情境中他自己大声说出的话，如此不真切，以至于他不能忍受以写作方式来重现它们。相比之下，在《普鲁弗洛克》中，他达成了一种言说方式，尽管是反讽的，但他的抒情代理人普鲁弗洛克终于可以大声说话。

假使诸如《一位女士的肖像》中的那些对话只是在艾略特的社会语境中偶然发生的，那么他就不能够对它们做出如此强烈的反应。于他而言，这份为他那个阶层的年轻男女提供的全然可预测的对话脚本，是对声音真实性的可怕威胁。在包含《三月兔》诗作的笔记本中，第一首的标题原拟为“献媚的交谈”（Conversations Galante，在一九一七年的《普鲁弗洛克》卷中改为《短浪漫传奇》）。在那场求爱对话中，那位带有原型性的年轻人实际上被赋予了一个声音。我们听见他试着对一位年轻女子热烈地（即使开始时颇反讽地）谈论着风景、音乐和诗歌；但这位年轻女子显得烦躁不安，因为他没有玩预期中的调情游戏，她用一行厌烦而恼怒的答话打发掉他的评论。当这位年轻人试探性地、诚实地慎重说出他的观察，说我们利用“音乐……/ 只是象
88 征着我们自身的空虚”，女子没好气地说道：“是说我吗？”让难堪的追求者回答：“哦，不，是我蠢笨无比。”（《三月兔》，第 346 页）

这类“献媚的交谈”,在艾略特所在的社会中,唯一可预想的目的是婚姻。年轻女子等待仪式化的交谈,以一场求婚结束,而伴随每一次无聊会面而来的,是年轻男子感受到的不断增强的表态压力。行动步骤是预先知道的,而在笔记本的第二首诗中,艾略特揭示了上流社会求爱过程中所有单调无聊的言行:

两个人,一个花园场景
采摘薄纸的玫瑰;
英雄和女主,独自,
单调的声音
宣告着诺言和赞美
以及猜测和预想。

(《三月兔》,第 11 页)

Two, in a garden scene
Go picking tissue paper roses;
Hero and heroine, alone,
The monotone
Of promises and compliments
And guesses and supposes.

对这位年轻人而言，这是一种更具性意味的危险行为，在一场华尔兹舞中，“献媚的交谈”能够进展到年轻的身体之间被允许的肉体对话，如同在花园里的佯装一般可预测地反复发生：

总是八月的夜晚
伴随着预备好的华尔兹……
华尔兹旋转，回转；
巧克力战士袭击
肉体的疲惫狮身人面像
什么答案？我们分不清。

（《三月兔》，第26页）

Always the August evenings come
With preparation for the waltz ...
And the waltzes turn, return;
The Chocolate Soldier assaults
The tired Sphinx of the physical.
What answer? We cannot discern.

受到反复质询的“肉体的疲惫狮身人面像”并没有揭示

出，在一个传统社会里一个人应如何处理其身体欲望，这个社会如此传统，以至于每年八月的华尔兹之夜都与多年前的相似。艾略特对社交礼仪相当熟悉——那些“备 89
有糕点与茶水 / 白色法兰绒典礼”的“阳台风俗”——因其智识上一本正经的装腔作势而引起他的不快，因为客人们冒险“猜测永恒的真理 / 用一根银汤匙探测着深度”（《三月兔》，第 28 页）。这张为《普鲁弗洛克》而画的第一幅草图（一首题为《金鱼》的诗）向我们展示了一位言说者仍然被“阳台风俗”所束缚，不能够退出社会期待。更糟糕的是，当这位年轻人想象自己拒绝顺从这种风俗时，他害怕他即将创造出来的角色会比拒绝顺从的那个角色更加荒唐可笑。（当艾略特的父亲修改遗嘱时，在此情形下，他一定看到了他的儿子逃往英格兰、诗歌和一场不合适的婚姻的航程。）在《小丑组诗》中，既不能遵守传统又不能否定它，这位年轻人害怕自己成为一个优柔寡断、沾沾自喜的小丑般的角色，一只“莽撞的水母”，徒劳地追求与绝对产生联系：

在盆栽棕榈中间，草坪上，
香烟与小夜曲

喜剧演员又来了
穿着宽阔教条的马夹，而鼻子
质问群星的鼻子。

(《三月兔》，第 32 页)

Among the potted palms, the lawns,
The cigarettes and serenades

Here's the comedian again
With broad dogmatic vest, and nose
Nose that interrogates the stars.

至少拉福格式的小丑不会向女士们说着“诺言与赞美”，而是质问群星——不过，即便那场天空对话也受到艾略特严厉反讽的影响——“全都是哲学与艺术”。(代表了这个无用抱负的对象稍后被指定为“米开朗琪罗”——一位最突出地结合了“哲学与艺术”的创造者。)新英格兰破产了的为哲学与美学对话所用的社会话语，对艾略特来说，似乎如同求爱话语一样有限。

在所有这些早期诗作中，人们能感受到一位年轻艺术家寻求自己“正确”话语的极度渴望。即使《一位女士的肖像》中如此有用的拉福格式的老练，在小丑这个自嘲的形象潜含的终极讽刺中走到尽头，因为小丑 90
正是客厅里的鹦鹉和猿猴的表亲。渴望的新诗学话语还没有产生，又不能仅在厌恶与嘲笑中寻找。艾略特必须找到方式来创造它。

为了避免无意义的社交礼仪中空洞的言语交流，以及他自己害怕被其他人看到的小丑形象，艾略特不再理睬那些情色社交场景，而写作记录了游荡在布满泥泞与碎玻璃的大街上的独行夜晚的诗作（如《在北剑桥的第一首随想曲》）。在这些诗中，他简化了对切实可行的一种习语的寻找：保持孤独，并将人类的声音和音乐置于一个有距离的或不具威胁性的位置。人类声音太远，以至于不能传达可辨别的意义，游荡者只听见“阁楼窗户里断续的长笛”（《三月兔》，第16页）或“一架街头钢琴，饶舌又脆弱／……以及远远的一串童声”（同上，第13页）；抑或人声是幼稚、渺小的，无性别特征的，就像天真的“小黑女孩”的声音，她“重复着她小小的上帝套话”（同上，第23页）。因为童声并不是针对言说者的，它不要求他的社会互动。这种一方面纯然伴着器乐，另一方面伴着孩子的声音或套话朝向孤独的飞行,依然是一种逃避,而不是关于诗人核心问题的解决途径:如何以艺术的方式体现那些成人的“人声”(包括他本人的),艾略特在社交场所觉察到这些声音并(像普鲁弗洛克一样)淹没于其中。艾略特——始终都是所有可用话语的一面回音壁——发现,继承的成人言语模式令人沮丧地不适用于他的诗艺习语,恰恰因为前者在他心中完全不出预料地重复着它们自己,仿佛破旧的记忆留声机排练着它过于熟悉的美学的、社会的、哲学的以及浪漫的话语。

艾略特在美学上不仅对社会交流中精致但无意义的言语行为——承诺、恭维、臆测、猜想感兴趣,而且也对各种对他有着至高伦理意义的哲学命题感兴趣。他必须找到某种方式来严肃采用他自己的普通性命题的
91 话语——关于社会的、美学的和伦理事物的话语。但是,他的早期诗歌经过一次又一次的抒情诗严肃性的试探之后,最终以自嘲的方式收场:

哦,这些小思虑!……

(《在北剑桥的第一首随想曲》,
《三月兔》,第 13 页)

Oh, these minor considerations! …

但是为什么我们难以取悦?

(《在蒙帕尔纳斯的第四首随想曲》,
《三月兔》,第 14 页)

But why are we so hard to please?

(什么:又一次?)

(《在北剑桥的第二首随想曲》,
《三月兔》,第 15 页)

(What: again?)

这些情感经验
完全无效[。]

(《歌剧》,《三月兔》,第 17 页)

These emotional experiences
Do not hold good at all[.]

不一致的，不堪的。

（《金鱼Ⅰ》，《三月兔》，第 26 页）

Inconsequent, intolerable.

穿过一根纸吸管的哲学！

（《金鱼Ⅱ》，《三月兔》，第 27 页）

Philosophy through a paper straw!

这些有关早期说出的严肃情感的一次性失败之作，可以用《金鱼Ⅳ》中西比尔的神谕来加以概括："这些难题似乎纠缠不清 / 可是最终都将不复存在。"（《三月兔》，第 29 页）

艾略特不能继续假装纠缠他的感觉与表达上的难题已不复存在。如果对上流社会谈话交流方式的嘲讽不合适，如果经由拉福格式提线木偶小丑而进行的人物滑稽模仿不叫人满意，他就应该转向那些被他自己
92 一代人所发明的粗俗却新颖的话语。他可以通过音乐厅中的迷人节奏和彻头彻尾戏剧化的自我展示的实验

来试着讽刺现代性，一种习语开始进入他的耳朵，充满魅惑如阳台谈话或法式反讽：

如果你正沿着百老汇大街向上走
在这银色月光辉映下，
你会看到我
所有女孩都跟在我身后
快乐的现代时光
进步又新潮——崇高
置身宇宙确如在家
在一辆灵车里调制鸡尾酒

（《三月兔》，第 35 页）

If you're walking up Broadway
Under the light of the silvery moon,
You may find me
All the girls behind me
Euphorion of the modern time
Improved and up to date — sublime
Quite at home in the universe

Shaking cocktails on a hearse.

要不是言说者所有的讥讽都努力采用了当代的鸡尾酒会闲聊和汀滂巷[①]的节奏——至少其脚本写得不同于新教徒的交配仪式——他会再一次遭遇性欲挫败,因为他情不自禁地从百老汇回到他自己的人物身上,他们的传统夏装弥散着香气。我们看到——如《小丑组诗》后文所写——对普鲁弗洛克和美人鱼第一次出现的预示,正如爵士时代穿着泳装的摩登女郎[②]嘲笑身穿法兰绒的婆罗门未婚男子:

如果你在沙滩上漫步

你听见每个人都在谈论

瞧瞧他!

---

① 汀滂巷(Tin-Pan-Alley),本指纽约曼哈顿第五大道和第六大道之间的西28街,在十九世纪末二十世纪初是美国流行音乐出版商集中的地方;亦泛指当时的流行音乐,二十世纪初的汀滂巷音乐吸收了布鲁斯、爵士乐及黑人音乐的风格。

② 摩登女郎(flapper),口语词,指二十世纪二十年代行动与衣着不受传统拘束的年轻女子。前文提及的"爵士时代"是指"一战"结束(1918)至经济大萧条(1929)之前的那段时期。

你会看到我正仔细察看他们
当女孩们准备游泳
可望而不可即
绝对的第一个孩子
干净，完整，
身着典型的法兰绒西服。

（《小丑组诗Ⅲ》，《三月兔》，第35页）

If you're walking on the beach
You hear everyone remark
Look at him!
You will find me looking them over
When the girls are ready for a swim
Just out of reach
First born child of the absolute
Neat, complete,
In the quintessential flannel suit.

歌舞杂耍表演与音乐厅的仪式对艾略特的吸引从未停止，但是——鉴于它们作为扩展的抒情手段的局限——
它们将在《老负鼠的猫经》中找到最终、有限的归宿（在 93

《斗士斯威尼》中的一个激动人心的时刻之后)。正如我们看到艾略特(在《一位女士的肖像》中)拒绝接受一种骑士仆人(cavaliere servente)矫揉造作的话语和(在《献媚的交谈》中)一位年轻求婚者可预料的空洞承诺，因而我们也会看到，他舍弃小丑的信条与审问以及音乐厅常客的爵士乐习语。然而，他不能放弃反讽和某种荒诞感；它们构成了他的感受性。

我们可以稍停片刻，回顾一下艾略特可行抒情话语的困境的另一方面。我们知道，他对哲学习语的兴趣一直很强烈；不过，这种专注并没有找到进入早期抒情诗的通道，除了通过哲学小丑的自嘲之外。也许，这位年轻诗人没有在诗歌中找到一种表达哲学严肃性的方式，是因为他通过哲学所发现的话语模式倾向于消极，而非积极，是削减性的而不是促进性的。在一九二四年，他以自传性文字写下哲学研究具有抹除意义和欲望之力的一段话：

如果它完结(很可能完结)于零，我们至少满足于我们一直追求什么到最后，满足于一直确定人们所询问的明确的问题，是不可能回答或无意

> 义的……你被导向某个事物，根据你的脾性，会顺从或绝望——混乱的绝望，困惑于为什么你总是想要什么，以及你曾想要的是什么，因为这种哲学似乎给予你你询问的一切，却导致它成为不值得要的。[7]

对艾略特而言，这样一种观点的尖酸刻薄，阻止他对哲学论断的习语进行任何积极的运用，除非它有信仰的神学确定性来支持。

当年轻的艾略特试着以一种纯粹的抒情的声音说话，不带社会规范或戏仿或滑稽或雷格泰姆①俚语的伪装，出现在他诗里的是十九世纪九十年代的突降法②，正如我们在《普鲁弗洛克的失眠症》（加入《J. 阿尔弗雷德·普鲁弗洛克的情歌》，后又被删去的片段）某些哥 94
特式、偏执狂式以及情节剧式的诗行中所看到的：

---

① 雷格泰姆（ragtime），美国流行音乐形式，一种多用切分音法的早期爵士乐。由美国南方种植园奴隶中流行的劳动歌曲、圣乐、舞曲、班卓琴曲发展而来。美国黑人把这些音乐的旋律和节奏创造性地结合在一起，称之为雷格。雷格泰姆风行于十九世纪九十年代至二十世纪二十年代。

② 突降法（bathos），一种修辞法，指由庄重崇高突降至平庸可笑，或由严肃突变为荒谬，常非出于本意。

我已在夜里走过狭窄的街道，
那里罪恶的房子全都挤靠在一起
黑暗中伸出一根下流的手指指着我
全都在窃窃私语，黑暗中低声嘲笑我。
[……]
我摸索着窗户去体验这个世界
去倾听我的疯狂歌唱，坐在路边石之上
[一个瞎眼的老醉汉唱着咕哝着，
断了的靴后跟沾着许多排水沟的污渍]
当他唱歌世界便开始崩塌……

（《三月兔》，第 43 页）

I have gone at night through narrow streets,
Where evil houses leaning all together
Pointed a ribald finger at me in the darkness
Whispering all together, chuckled at me in the darkness.
[...]
I fumbled to the window to experience the world
And to hear my Madness singing, sitting on the kerbstone
[A blind old drunken man who sings and mutters,

With broken boot heels stained in many gutters]
And as he sang the world began to fall apart ...

下流的手指和沾着污渍的靴后跟,这种表现主义的习语对于追求精致的艾略特来说,不可能作为长期的风格化解决方案。自我在这里分裂,因为"我"与他自己的"疯狂"分离了,而后者是唯一获准唱出声音的自我的一部分。"疯狂"的歌声反抗着言说者对邪恶声音的偏执幻想,这些邪恶的声音来自那些房子和社交场,窃窃私语、低声嘲笑他。当"我"——只能倾听——允许他的"疯狂"表达自主的抒情声音,世界(如自我)崩塌。

一方面,作为一种对轻蔑的戏仿式反讽的规避,另一方面,作为对明确的主观的突降法的规避,年轻的艾略特更成功地诉诸一种严肃但不是命题式的中间话语,我称之为"间接表述"(oblique)。它不同于他此前的诗学话语,既不赞同也不持异议。作为声明式的直陈法比如"世界便开始崩塌"的替代,它提供了本真感觉的多种形式。在这种间接表述模式中,感觉可以以任意多种方式表达自身:它可以道出一种由衷的感叹,或大胆提出一个性暗示的意象,或从反讽突然转向精神性表达。我们在《小丑组诗》的结语诗中找到这种间

95 接表述(非断定性,也非命题性的)话语,在反讽的“舞蹈最后的扭曲……/被发现的伪装/以及香烟与恭维”之后,言说者发现,“穿过着色的石柱廊/垂下一幅浓重、巨大的阴影”。这幅阴影结果变成了那名小丑;不过,这种侵入的**效果**,总的来说,是为了将这首诗从脆弱的虚构,移向一种使人难忘但非哥特式的直观感受。(艾略特将会在稍后的一首诗中继续这种重力的阴影表达①,其中,他用抒情的塞满稻草的空心人代替了戏仿的小丑。)在另一例间接表述的诗中,一九一一年的《一所公园的入口》②聚焦于性爱承诺的时刻,诗中的一位年轻人在与一位年轻女性一起散步时,抓住她的手,那一刻获准由三行完全非戏仿的反思来体现,这些深思是描述性的,而不是命题性的:

不是说生活有了一个新决定——
它就这样简单地发生在她和我身上。

而这时候我们还没有说一个词。[8]

---

① 此处概指艾略特《空心人》一诗第五部分中的相关诗句。

② 一所公园的入口(Entretien dans un parc),原题为法语。

It is not that life has taken a new decision —
It has simply happened so to her and me.

And yet this while we have not spoken a word.

但是几乎是马上，艾略特又溜回旧有的防备与自嘲的反讽之中：

最终它变得有点可笑
惹人气恼。所有场景都荒谬！

（《三月兔》，第 48 页）

It becomes at last a bit ridiculous
And irritating. All the scene's absurd!

然而，即使他敢于在情人之间想象一种令人信服的真实，在诗的末尾，他还是撤回到他的间接表述方式中——既不赞同也不否认——借助于对梅瑞狄斯[①]《现

① 乔治·梅瑞狄斯（George Meredith，1828-1909），英国维多利亚时代诗人、小说家。

代爱情》的一种感叹的暗指：

某一天，如果神——
但是啊，尘封的灵魂多么开阔！

（《三月兔》，第 49 页）

Some day, if God —
But then, what opening out of dusty souls!

96 梅瑞狄斯在《现代爱情》中的版本是这样写的："哦，灵魂得到一个多么尘封的回答 / 当我们的生活热切于确定的时候！"

我在前面说过，对于一名作家而言，达到情感的成熟与达到语言的成熟是密不可分的。艾略特必须找到一种途径来超越仅仅嘲讽那些家庭、文化和世代给予他的话语。不过他知道，他依然是那些开始写作时便围绕着他的话语的囚徒。尤其是他的社会阶层，对他的审美反应施加了明确的限制，而他更彻底地沦为其阶层审美囚徒的地方莫过于性爱领域。艾略特若是遵守所属社会的风俗，便会发现自己应该同某个去博物馆的“对亚述艺术感兴趣的女士”结婚，而我们在《下午》(《三月兔》，第53页)一诗中遇见过这类女士。尽管这个描述女士的短语体现了讽刺，但是艾略特已经开始认识到，从伦理上讲，提供名士们(Brahmins)的生活讽刺画像是不够的。现在他发现，这些女人对于超越她们沉闷生活的朦胧渴望，类似于他自己寻求超越、低于或高于自我的追求。当去博物馆的人“淡出罗马雕像……/ 趋向于无意识、不可言喻，绝对”(同上)，他们以他们的方式，重复着艾略特从自己的经验中熟知的一种渴求。在克拉克讲座中，艾略特谈论了“现代的**对绝对的追索**(*recherche de l'absolu*)的、失望的浪漫主义以及发现这个世界并非想要的世界时无可奈何的烦恼”[9]。尽管他叛逆、短暂并最终错误地逃往与薇薇恩·海伍德的婚姻，艾略特在很大程度上依然受到所属阶级的审美与伦理标准的约束，这体现在他母亲身上，他不能仅仅以蔑视的态度对待她。由于受其给定历史语境的部分束缚，艾略特在追寻真正的美学话语时变得更加痛苦和艰难。他的新教徒伦理的严肃性必须找到一种方式，与他的讽刺性反讽、他的性厌恶、他对哲学语言的爱、他对一行悦耳诗句的渴望以及他对结构形式感觉的苛求等一起分享它自己的习语。

97 艾略特后来走得更远,在一九一五年的诗歌《在百货公司》中,没有用拉福格式的反讽结束一首诗,甚至没有用一种间接表述的意象或影射的兴叹,而是用了一个无望而严肃的陈述。当一位失意而年老的女店员梦见过去"在二楼舞厅里那些炎热的夜晚",诗人沉思着她空虚的生活,评论道:"男人的生活是虚弱、短暂而黑暗的/我没有可能让她幸福。"(《三月兔》,第56页)这种对反讽、突降法、爵士时代的俚语乃至诗歌用典的摒弃(在这段话中,转而暗指伯特兰·罗素一九〇三年发表的散文《一个自由人的崇拜》),表明即使在发现间接表述的可能性之后,艾略特仍试图再次找到一种习语,用它直截了当地提出命题:"在这一点上我将直率地对你说。"(正如他稍后在《小老头》〔*Gerontion*〕中所为)他在《在百货公司》中达成了这个目标,不是通过提及他自己世界的瓦解——如在《失眠症》中——而是通过普遍化这个悲剧来达成:黑暗的正是"男人的生活"。

不过对于艾略特来说,诚实必须超越关于"男人的生活"客观的哲学反思,而进入在直觉之外我们无以名状的事物。在基督教关于痛苦的神学中,他找到了对自己个人困惑与苦恼的认可,而这引导他通向宗教话语形式,在这种形式中,我们认同他的那些时刻,包括停下的时间、莫名的痛苦以及审慎的皈依。出乎意料的是,这种痛苦的话语以一种世俗化的形式,首次出现在笔记本诗中,讽刺性地题为《小受难曲:取自“阁楼里的痛苦”》。在诗中,主人公说起一列城市之灯通向“某副不可避免的十字架/在那里他的灵魂伸展,并流血”。这是初稿的读本:艾略特后来将这一行扩大成第一人称复数,所以,灯光的行列通向“某副不可避免的十字架/在那里我们的灵魂被钉住,流血”。一种类似普鲁弗洛克的折磨(他“被钉住并在墙上扭动着”)在这里通过被认同而赋予了意义,尽管只是借由与基督为世人受难相连的十字架意象。而当艾略特暂时舍弃他以前对他人的优越感的语调,他的个人痛苦就得到了 98
延展,通过被共同阐明为“我们”,而将自己置身于一个人类伙伴的圈子里。

在一九一四年,即写于《J. 阿尔弗雷德·普鲁弗洛克》之后不久的《燃烧的舞者》(《三月兔》,第 62 页)一诗中,艾略特将言明他的困境:如同一个人“被困在欲望的圆圈内”,在“一个无论好坏……/ 都太奇怪的世界里”。为了展现他的困境,他将自己一分为二,正如他在《失眠症》中将他的“我”从它的孪生艺术家“我的疯狂”中分离出来一样。在《燃烧的舞者》中,他把自己的“头脑”从它的栖居者飞蛾身上分离出来,飞蛾将言说者本人感性的表达部分客观化,成为一名昆虫艺术家舞者,一个第三人称的“痛苦的耐心的侍从”。在火焰中,飞蛾受折磨的舞蹈被严格束缚在紧凑的 abab 四行诗节中,大部分以四音步句呈现,也预示了《四个四重奏》中的那些四音步句:

在我头脑的圆圈之中
扭曲之舞继续着。
痛苦的耐心的侍从,
超越我们人类筋骨的强者,
火焰燎烧的狂欢者,
抓住了那些甩来甩去的角,
失去他欲望的尽头
渴望弥补他的损失。

(《三月兔》,第 62–63 页)

Within the circle of my brain
The twisted dance continues.
The patient acolyte of pain,
The strong beyond our human sinews,
The singèd reveller of the fire,
Caught on those horns that toss and toss,
Losing the end of his desire
Desires completion of his loss.

对我而言，飞蛾（不太可能）被甩动的“角”似乎是这首诗前文提及的哲学困境：“更至关重要的价值”与“火焰的金色价值”之间的冲突，以及“痛苦”与“欢乐”之间的冲突。[10]

然而，与短小且让人惊骇的、未标注日期的散文诗《内省》相比，《燃烧的舞者》少了一些心理层面的说服力。在《内省》中，心灵沉到了一个六英尺深的蓄水池里，蓄水池中装着一条自我折磨的、被监禁的蛇。（我重现了艾略特“不自然的”分行：他想通过将它限制在一个狭窄的“诗节”中，而使这首散文诗类似于一个蓄水池。）

99 心灵在一个六英尺深的
蓄水池中，一条棕蛇，三
角形的脑袋吞下了他的
尾巴，挣扎如同两只拳头
紧扣着。他的脑袋沿砖墙
滑动，在裂缝处
摩擦。

（《三月兔》，第 60 页）

The mind was six feet deep in a
cistern and a brown snake with a tri-
angular head having swallowed his
tail was struggling like two fists
interlocked. His head slipped along
the brick wall, scraping at the
cracks.

对诗人自身痛苦直接的诗学抒发，反讽是无用的，而一旦诗人认识到自己就是其痛苦的原因，对他人的傲慢则是毫无意义的。艾略特因此转向一种神话象征，作为内心经验的一种客观关联。吞下自己尾巴的蛇（带有神话的间接性）代表了一种危境——在诗里，它是一种痛苦与无果的内省。不过，这种运用原型衔尾蛇的话语绝不是神话式的。象征物蛇被无情地自然化为棕色和三角形脑袋的动物，类似于“两只紧扣的拳头”，被困在“一个蓄水池中”。这种原始的现实主义话语，将头脑之蛾轻快的“舞蹈”转变为一条头脑之蛇的幽闭恐惧症式的扭动，使得内省变得一点也不超然。（这一未标注日期的蛇的形象类似于普鲁弗洛克被钉住并扭动着的形象。）

一种不同的非人的象征将会在一九一五年的《序曲》（Ⅳ，“傍晚”，《三月兔》，第335–336页）中被艾略特启用，作为他想象“某种无限温柔／无限痛苦的事物”的概念，以一种无法解释的方式充当他自身枯竭的一种陪伴与平衡物。在这样的时刻，艾略特依赖象征话语来表现他自身经验中反讽无以承担的方面：一方面，是蛾与蛇不加修饰的身体性；另一方面，是在无限温柔中忍受无限痛苦的超验概念。他的诗歌习语必须最终延伸到将这二者——最具代表性与最超验的直觉——包含在内，并给予每个方面以同情的理解、象征性的表现以及抒情的声音。

100 至《三月兔》笔记本的结尾，艾略特已经完整画出他一直在寻找的合乎其敏感性的话语的基本弧线。他讽刺性地模拟过从他的阶级继承而来的压制性话语，但是他没能完全摒弃它，而是反复借助这种贫乏的交流，承认它在他美学与伦理观形成中的重要性。他已经满怀感激地逃离，先是逃向拉福格这个外国的范例，在反讽中找到一个避难所，避开了上流阶层社交与性的对话的浅薄；尽管如此，他也认识到，对于一位也想用一种抒情的声音直接而诚实地谈论有关灵魂问题的诗人来说，反讽性的疏离不可能成为一种持久的话语解决办法。他断定，时髦人士绚丽而富有符号学意味的空洞话语，乃是一种仅适用于“在一辆灵车里调制鸡尾酒”者的语言，可用作一种装饰口音，而不能作为一种牢固的模型。在他能熟练运用于散文的布拉德利式[①]的哲学话语中，他暂时未找到稳固的诗学支撑，因为哲学的诘问将他带进一种永久的怀疑论，在其中，不仅是真理，还有所有的人类欲望都被取消为“零”。

---

① 指弗朗西斯·赫伯特·布拉德利（Francis Herbert Bradley，1846–1924），英国哲学家。

(《四个四重奏》将回到哲学语言，重返但丁，因为艾略特的宗教皈依至少在其思维方式上使他能够启用并支持不带怀疑论的哲学陈述以及现代性中的神学。)尚不能得出神学稳定性的结论，但不满于头脑中的布拉德利式的怀疑论哲学，年轻的艾略特将文学典故打造成个人经验的一种公共保证，转向勃朗宁寻求心理投射，转向梅瑞狄斯寻求坦率的价值，又向罗素寻求在哲学绝望中的支持，在寓言和神话中寻求内省的象征，并将一本世俗化的《新约圣经》(带小写字母 c 的十字架〔cross〕；一种代替救世主无限受苦之物)作为心理苦痛的自然化的原型。

偶尔，在《三月兔》笔记本诗中，年轻的艾略特敢于进行投射性的内省，直面他最糟糕的性幻想并写下来，运用一种基于十九世纪颓废诗人的叙事话语。一九一四年的《圣塞巴斯蒂安的情歌》以这种怪诞风格结尾：

> 你会爱我因为我本该扼死你 101
> 因为我的恶行；
> 而我应该更加爱你因为我砍杀了你
> 因为你对于任何人

除了我，你不再美。

（《三月兔》，第 78 页）

You would love me because I should have strangled you
And because of my infamy;
And I should love you the more because I had mangled you
And because you were no longer beautiful
To anyone but me.

（这种爱欲和爱欲牺牲品的结合也在《J. 阿尔弗雷德·普鲁弗洛克的情歌》中出现，但是没有这种“砍杀”和“扼死”，甚至没有自我戏剧化的“恶行”。）在整部笔记本中，艾略特为他同欲望和诗歌的双重争斗中各种百折千回寻找语言，含蓄而明确地提出了他在一篇没有注明日期的反讽双行押韵诗中构想出的根本性问题：

我知道我如何感觉吗？我知道我想什么吗？
让我备好墨和纸，让我备好笔与墨。

（《三月兔》，第 80 页）

Do I know how I feel? Do I know what I think?
Let me take ink and paper, let me take pen
　and ink.

我们来到《三月兔》笔记本的结尾，发现艾略特仍然专注于如何将偶然听到的别人的话语纳入诗歌的问题，那些“男人们喉咙里的小声音／来自歌手与歌之间”。（《三月兔》，第75页）在一九一四年那首迷人（即便有点过度智识化了）的诗中，开头是对社会世界作为一种抒情障碍的疑惧，年轻的艾略特对现代诗人的困境展开充分的分析：

表象表象他说道，
我已用辩证的方式探索了这个世界；
我已质疑多少焦躁的夜晚与懒散的白天；
并跟随经由它引导的每一条路[原文如此]；
并总是发现同样毫无变化的
忍无可忍无休无止的迷宫……
表象，表象，他说道，
并且毫不真实；不真实，却正确； 102

不正确，却真实；——你害怕什么？……
……假如你在生者中找不到真理
你在死者中更找不到真理。
不在别的时间，只是现在，不在别处，而是这
　里，他说道。

（《三月兔》，第75页）

Appearances appearances he said,
I have searched the world through dialectic ways;
I have questioned restless nights and torpid days,
And followed every by-way where it lead [*sic*];
And always find the same unvaried
Intolerable interminable maze ....
Appearances, appearances, he said,
And nowise real; unreal, and yet true;
Untrue, yet real; — of what are you afraid? ...
... If you find no truth among the living
You will not find much truth among the dead.
No other time but now, no other place than here,
　he said.

艾略特的勇气首先在于，评估他所能找到的可用话语

的“辩证方式”,然后在最终决定意象、措辞和声音的现代性时,同时允许这些因素通过文学典故暗含的历史性与公共价值而“增厚”。因为就主题和态度而言,艾略特作为年轻的抒情诗人没有别的时间,只有现在,不在别处,只在这里。在把折磨人的“人类声音”转录进自己的第一首诗歌的时候(这种声音从没有遗弃他,当他发觉它时便淹没了他),他最终发明了一种当代风格,既带着反讽也不含反讽,既给予又索求,混合了多种话语,汇成一种个人的习语(a personal idiom)。这种来之不易的、原创的个人言语方式,在《普鲁弗洛克的情歌》中第一次变得充分可见。

J. 阿尔弗雷德·普鲁弗洛克的情歌

假使我先前想到了
我是在向一个能回到人间去的人答话
那么这火焰就不会再动摇
但既然没有人能从这深渊
活着回去,假如我听到的是真话,
我就不怕出丑向你回答。[11]

那么，我们走吧，你和我，
当夜晚展开对抗着天空
像一个病人被麻醉了躺在桌上；
我们走吧，穿过几条半已荒芜的大街，
不眠夜嘟嘟哝哝的退缩
在按宿计费的廉价旅馆
和带牡蛎壳的锯木屑餐厅：
103 大街相接如意图阴险的
乏味争辩
将你引向一个势不可当的问题……
噢，不要问，"是什么？"
我们走吧去瞧一瞧。

　　房间里女人们来来往往
谈论着米开朗琪罗。

　　黄色的雾在窗玻璃上擦着它的背，
黄色的烟在窗玻璃上揉着它的口鼻
向着夜晚的角落舔着它的舌头，
流连在备用排水管的水池边，

让烟囱里的烟灰落在它的背上，
溜过露天阳台，突然一跃，
而由于那是一个柔软的十月之夜，
缭绕这房子一圈，而后睡去。

　　确实有时间
让黄色的烟沿着大街滑行，
在玻璃窗上擦着它的背；
会有时间，会有时间
准备一副面孔去邂逅你遇到的面孔；
会有时间去谋杀与创造，
有时间去应付一切手头的工作和日子
提起和掉落一个问题在你盘中；
有时间给你和给我，
以及还有时间做一百个犹豫不定，
一百个幻象和修订，
在攻克吐司面包和茶之前。

　　房间里女人们来来往往
谈论着米开朗琪罗。

　　确实有时间
困惑，“我敢吗？”“我敢吗？”
104 是时候转个身并下楼，
头发中央顶着一块秃斑——
[他们会说：“他的头发长得多稀！”]
我的晨服，我的领子牢牢地封固住下巴，
我的领带富贵而谦逊，只用一个简单的别针
　别住——
[他们会说：“但是他的胳膊腿多么细！”]
我敢吗
搅乱这宇宙？
一会儿有时间
做决定并修订，一分钟就会反转。

　　因为我已经认识他们所有，他们所有；
已经认识夜晚，早晨，下午，
我已用咖啡勺量取了我的生活；
我知道垂死的声音以一种垂死的坠落
就从一间较远的房间里的音乐下面.
　　所以我该如何设想？

　　我已经认识那眼睛，认识他们所有的——
这双眼睛以一个构想出的短语固定你，
而当我被构想出来，在一个别针上蔓延开来，
当我被别针别住并在墙上扭动着，
那么我该如何开始
呕出我所有日子和出路的烟蒂？
　　而我该如何设想？

　　我已经认识那胳膊，认识他们所有的——
戴手镯的胳膊洁白、赤裸
[但是在灯光下，与浅棕色的头发一起垂着！]
是不是来自一件连衣裙的香气
让我偏离了话题？
平放在桌子上的胳膊，或裹着披肩。
　　那么我该如何设想？
　　我该怎样开始？

……

我该说，我已经在黄昏时分离去穿过狭窄的
　街道
观看灰烟从窗户中探出的孤独男子衬衫袖子

下伸出的烟斗中升起？……

我本该有一副破烂的爪子
匆忙穿过沉默之海的地板。

……

而下午、晚上，睡得如此平静！
用长长的手指安抚，
睡熟了……累了……或者装病，
在地板上伸展，在这里你和我的身边。
我该，在用过茶、饼和冰糕之后，
有力气把这一刻推向危机？
但是即便我哭泣了斋戒了，哭泣了祈祷了，
即便我看到我的头[稍微秃了顶]被装在浅盘
  里拿来，
我也不是先知——而这也没啥要紧；
我已经看到了我的伟大闪烁的时刻，
我已经看到了永恒的仆人拿着我的外套，窃笑着，
总之，我害怕。

而这一切值得吗，毕竟，

在杯子、果酱、茶之后，
在瓷器之中，在你和我的某场谈话中，
这个时段是值得的吗，
带着微笑中断了这件事，
把宇宙挤成了一个球
转动它朝着某个压倒一切的问题，
说道："我是拉撒路，从死者中来，
回来告诉你们一切，我会告诉你们一切"——
如果一个人，把一只枕头靠在她头上，
　　就会说："那完全不是我的意思，
　　那不是，完全不是。"

　　而这一切值得吗，毕竟，
这个时段是值得的吗，
在日落以及庭院以及余晖撒落街道之后， 106
在小说之后，在茶杯之后，在裙子拖曳过地板
　之后——
而这，而还有更多吗？——
要说出我的意思是不可能的！
但是好像一盏魔灯在屏风上投下神经的图案：

这个时段是值得的吗
如果一个人，放一只枕头或扔掉披肩，
并转身朝着窗口，说道：
　　“完全不是那样的，
　　那不是我的意思，完全不是。”
　　　　　　　　……
不！我不是哈姆雷特王子，也不该是他；
我只是个随从领主，一位即将
推动故事进展，开启一或两场戏的角色，
劝告王子；无疑，我是件方便的工具，
恭恭敬敬，很高兴有用，
政治，小心翼翼，且一丝不苟；
充满了高调的句子，但是有点儿迟钝；
偶尔，实际上，几乎是荒唐的——
几乎，偶尔，是个弄臣。

　　我老了……我老了……
我应该穿裤脚卷起的裤子。

　　我该把我的头发分开向后梳吗？我敢吃

一颗桃子吗？
我该穿白色法兰绒裤子，并漫步在沙滩上。
我已经听到了美人鱼歌唱，一个对着一个唱。

我不觉得她们会对我歌唱。

我已经看到她们在波浪上朝海的那边行驶
梳理着被风浪吹回来的白色长发
当风扬起水面的白浪和水面的黑波。

我们曾在大海的密室里徘徊 107
海的女孩围着红色和棕色的海藻
直到人的声音叫醒我们，而我们已溺死。[12]

The Love Song of J. Alfred Prufrock

S'io credesse che mia risposta fosse
A personache mai tornasse al mondo,
Questa fiamma staria senza più scosse.
Ma perciocche giammai di questo fondo
Non tornò vivo alcun, s'i'odo il vero,
Senza tema d'infamia ti rispondo.

Let us go then, you and I,
When the evening is spread out against the sky
Like a patient etherised upon a table;
Let us go, through certain half-deserted streets,
The muttering retreats
Of restless nights in one-night cheap hotels
And sawdust restaurants with oyster-shells:
Streets that follow like a tedious argument
Of insidious intent
To lead you to an overwhelming question …
Oh, do not ask, "What is it?"
Let us go and make our visit.

In the room the women come and go
Talking of Michelangelo.

The yellow fog that rubs its back upon the window-panes,
The yellow smoke that rubs its muzzle on the window-panes
Licked its tongue into the corners of the evening,
Lingered upon the pools that stand in drains,
Let fall upon its back the soot that falls from chimneys,
Slipped by the terrace, made a sudden leap,

And seeing that it was a soft October night,
Curled once about the house, and fell asleep.

And indeed there will be time
For the yellow smoke that slides along the street,
Rubbing its back upon the window-panes;
There will be time, there will be time
To prepare a face to meet the faces that you meet;
There will be time to murder and create,
And time for all the works and days of hands
That lift and drop a question on your plate;
Time for you and time for me,
And time yet for a hundred indecisions,
And for a hundred visions and revisions,
Before the taking of a toast and tea.

In the room the women come and go
Talking of Michelangelo.

And indeed there will be time
To wonder, "Do I dare?" and, "Do I dare?"
Time to turn back and descend the stair,
With a bald spot in the middle of my hair —
[They will say: "How his hair is growing thin!"]

My morning coat, my collar mounting firmly to
the chin,
My necktie rich and modest, but asserted by a
simple pin —
[They will say: "But how his arms and legs are
thin!"]
Do I dare
Disturb the universe?
In a minute there is time
For decisions and revisions which a minute will
reverse.

For I have known them all already, known
them all;
Have known the evenings, mornings, afternoons,
I have measured out my life with coffee spoons;
I know the voices dying with a dying fall
Beneath the music from a farther room.
So how should I presume?

And I have known the eyes already, known
them all —
The eyes that fix you in a formulated phrase,
And when I am formulated, sprawling on a pin,
When I am pinned and wriggling on the wall,

Then how should I begin
To spit out all the butt-ends of my days and ways?
And how should I presume?

And I have known the arms already, known them all —
Arms that are braceleted and white and bare
[But in the lamplight, downed with light brown hair!]
Is it perfume from a dress
That makes me so digress?
Arms that lie along a table, or wrap about a shawl.
And should I then presume?
And how should I begin?

……

Shall I say, I have gone at dusk through narrow streets
And watched the smoke that rises from the pipes
Of lonely men in shirt-sleeves, leaning out of windows? …

I should have been a pair of ragged claws
Scuttling across the floors of silent seas.

……

And the afternoon, the evening, sleeps so peacefully!
Smoothed by long fingers,
Asleep ... tired ... or it malingers,
Stretched on the floor, here beside you and me.
Should I, after tea and cakes and ices,
Have the strength to force the moment to its crisis?
But though I have wept and fasted, wept and prayed,
Though I have seen my head [grown slightly bald] brought in upon a platter,
I am no prophet — and here's no great matter;
I have seen the moment of my greatness flicker,
And I have seen the eternal Footman hold my coat, and snicker,
And in short, I was afraid.

And would it have been worth it, after all,
After the cups, the marmalade, the tea,
Among the porcelain, among some talk of you and me,
Would it have been worth while,
To have bitten off the matter with a smile,

To have squeezed the universe into a ball
To roll it toward some overwhelming question,
To say: "I am Lazarus, come from the dead,
Come back to tell you all, I shall tell you all" —
If one, settling a pillow by her head,
   Should say: "That is not what I meant at all,
   That is not it, at all."

   And would it have been worth it, after all,
Would it have been worth while,
After the sunsets and the dooryards and the sprinkled streets,
After the novels, after the teacups, after the skirts that trail along the floor —
And this, and so much more? —
It is impossible to say just what I mean!
But as if a magic lantern threw the nerves in patterns on a screen:
Would it have been worth while
If one, settling a pillow or throwing off a shawl,
And turning toward the window, should say:
      "That is not it at all,
      That is not what I meant, at all."

……

No! I am not Prince Hamlet, nor was meant

to be;
Am an attendant lord, one that will do
To swell a progress, start a scene or two,
Advise the prince; no doubt, an easy tool,
Deferential, glad to be of use,
Politic, cautious, and meticulous;
Full of high sentence, but a bit obtuse;
At times, indeed, almost ridiculous —
Almost, at times, the Fool.

I grow old … I grow old …
I shall wear the bottoms of my trousers rolled.

Shall I part my hair behind? Do I dare to eat a peach?
I shall wear white flannel trousers, and walk upon the beach.
I have heard the mermaids singing, each to each.

I do not think that they will sing to me.

I have seen them riding seaward on the waves
Combing the white hair of the waves blown back
When the wind blows the water white and black.
We have lingered in the chambers of the sea

By sea-girls wreathed with seaweed red and brown
Till human voices wake us, and we drown.

释读了艾略特的早期诗歌之后,我们回到他的第一首"完美"之诗——人们早已熟知的《J. 阿尔弗雷德 · 普鲁弗洛克的情歌》(意味深长的是,它原本题为"普鲁弗洛克在女人们中间"〔*Prufrock among the Women*〕,《三月兔》,第39页),我们用全新的眼光打量它,视之为艾略特先前尝试过的几乎所有话语的一种杂烩。是的,它从勃朗宁的戏剧独白中找到它的形式,但是勃朗宁类型所需的倾听者于此则从他通常指定的社会自我(一个妻子,某些"侄子",一个使者)中大大缩减。普鲁弗洛克的同伴缩减到只是柴郡猫不可见的耳朵[①],因为言说者呆板、真实并富有抒情意味地传达艾略特式的**由此开始**[②](the Eliotic *incipit*)——"那么,我们走吧,你和我"。这个"你"是《普鲁弗洛克的失眠症》中的疯狂、《燃烧的舞者》中的心灵飞蛾和《内省》中的心灵大蛇——如今

① 柴郡猫不可见的耳朵(the Cheshire invisibility of ear),典出《爱丽丝梦游奇境记》。

② 由此开始(incipit):拉丁语,中世纪文稿或古书中的开场白。

并不疏远于路边石、火焰或蓄水池，而是同它们融合成一种不可避免的甚至必要的同伴。在《J. 阿尔弗雷德 · 普鲁弗洛克的情歌》中，早期诗歌中的主题和声音再次出现——进入“爱”与婚约的社会世界时恐惧的欲望，内疚的自我撕裂，浪漫的向往，拉福格式的反讽，波德莱尔式的都市环境，哲学怀疑，文学典故，以及抒情的痛苦。但是，这些主题相互达到一种均衡，这在不太成功的诗作更滑稽或更哥特式的创作中是看不到的。艾略特在写作《J. 阿尔弗雷德 · 普鲁弗洛克的情歌》之前并未掌握任何新颖的技法；不过，他学会了以连贯的风格融合他已知的技法，没有让它们彼此扑灭，也不像他曾经做的那样，强迫自己诉诸嘲弄或戏剧性的结尾，这些结尾否定了它们先前的思考。他大胆采用但丁的地狱中一则严肃的引文开篇。他开始明白他的憎恶和苦痛的潜在美学价值：不仅有时间去谋杀，而且也有时间去创造。他敢于表明（即便是反讽性地）他的问
108 题可能会搅乱宇宙（他早期的自嘲话语是不可能让它们自己采纳这一可能性的）。他充分地阐述（而非仅仅模拟或戏仿）他的怀疑和欲望的疲乏重复（“我已经认识他们所有，他们所有”），同时又一次走向社会世界，

走向他（如今已经完全承认的）抒情行动的剧场。他乐于囊括话语最直白的肉身性：普鲁弗洛克早些时候在一枚大头针上的“扭动”，同样毫无畏缩地，被描述为“四肢伸展着”与“蠕动着”。（《三月兔》，第 42 页）

艾略特不是借助单一的形象来表现自己——无论是作为小丑、丑角（Pierrot）或是谋杀者（抑或是一名在阳台或客厅里的年轻人），而是投机性地（不无反讽，但同时也不无严肃性地）成为施洗者约翰、哈姆雷特、拉撒路和美人鱼的情人。最重要的是，他已经发现了他的诗歌——带着它的隐伏韵律，它的犹豫，它麻醉的夜晚，它睡着的雾，它对于一时“危机”的艰难对抗以及它讽刺性的俏皮话——要做的是什么。为的是构造这样的效果——“好像一盏魔灯在屏风上投下神经的图案”：亦即在神经对生活的混乱，尤其是性欲的急迫问题作出反应时，起到一幅脑电图、一幅神经痉挛的成像图的作用。加剧的神经问题时而趋向麻木、时而趋向活力满满；时而反感，时而厌倦；时而是宇宙恐惧，时而是社会创痛；时而指向浪漫的渴望，时而指向一种自杀式的塞壬之歌。在一次出色的诗性专注与复调效果的努力中，通过早期诗歌发现的各式各样的反应与话语，都得到顺畅的挖掘，成为一种催眠般诱惑人的声音，确信其自身风格运动的循环，邀请我们——“那么，我们走吧，你和我”。

尽管我已经提到了结集在《J. 阿尔弗雷德·普鲁弗洛克的情歌》中的感觉及话语，我还需要再多说几句，表明这首诗是如何获得形式统一的，为什么这首诗没有沿着不相容的话语的内在裂纹而断开。在《普鲁
109 弗洛克的失眠症》中，当艾略特将他的疯狂（Madness）具体化、人格化和个性化的时候（盲目，烂醉，靴后跟破旧，坐在路边），我们已经看到造成的损害。艾略特还通过结巴一样自我重复的带弱音尾的尾词置那个残篇于危险：窗户（windows），盲目（blindness），角落（corners），进入（entries），闪烁（flickered），纸张（papers），一起（together），角落（corner），一起（together），黑暗（darkness），黑暗（darkness），发烧（fever），黑暗（darkness），路边石（kerbstone），嘟哝（mutters），排水沟（gutters）——三十一行诗有十六行这样的结尾。相反，在最终的《J. 阿尔弗雷德·普鲁弗洛克的情歌》中，这种尾词的热效被谨慎地节制运用，我们发现只有桌子（table），晚上（evening），烟囱（chimneys），犹豫不定

(indecisions)和修订(revisions);接着什么也没有,直到窗户(windows),手指(fingers)以及装病(malingers)。随后,在一组自嘲的诗节中,有雪糕(ices)和危机(crisis),浅盘(platter)和要紧(matter),闪烁(flicker)和窃笑(snicker)。这种尾词的最后一例(恰当地)是问题(question)。这行之后,普鲁弗洛克想象"朝着某个压倒一切的问题"转动宇宙,就再也没有出现带弱音尾的尾词的诗行:这首诗带着坚实的重音继续,每一行以一个单音节词结束,伴以这种强调性的紧凑用韵,如"桃子"(peach),"沙滩"(beach)以及"一个"(each):[13]

我老了……我老了……
我应该穿裤脚卷起的裤子。

我该把我的头发分开向后梳吗?我敢吃一
　颗桃子吗?
我该穿白色法兰绒裤子,并漫步在沙滩上。
我已经听到了美人鱼歌唱,一个对着一个唱。

《普鲁弗洛克的失眠症》受到损坏,也因为它将言说者置于迪士尼化(Disneyfied)的哥特式环境中,其间,房子伸出猥亵的手指,咯咯发笑;午夜在发热中扭动,黑暗,仿佛章鱼,伸出触角。《J.阿尔弗雷德·普鲁弗洛克的情歌》没有全然放弃这种哥特式环境,但是将它驯化成像猫一样的雾。当它在隐喻中确实变为高音调的时候,就如普鲁弗洛克"被钉住并在墙上扭动着",他的嘴巴塞满了"[他的]日子和出路的烟蒂",使得这种彻底痛苦的时刻相距较远并相对较少。不是将抒情主
110 人公放在《失眠症》中可疑的街道上,在那里,"女人们,溢出紧身衣,坐在入口处",而是让他置身于艾略特通常身处的社会世界:由表面看上去有教养的妇女、客厅和茶构成的世界。

细察《普鲁弗洛克》前半部分所运用的诸种话语,我们依次发现了以下这些话语(为了便于下文参考我为它们编了号):

1. 都市的孤独(天空,不眠夜,饭馆,街道);
2. 哥特式描绘的(在雾中新被驯化的动物);
3. 沉思的命题的("有时间……做幻象和修订");
4. 上流社会的("吐司和茶……谈论米开朗琪罗");

5. 个人反讽式的(“头发中央顶着一块秃斑”);

6. 哲学性的质询的(“我敢吗 / 搅乱这宇宙”);

7. 倦怠的男人(“我已经认识他们所有,他们所有”);

8. 社交恐惧的(“当我被别针别住并在墙上扭动着”);

9. 性吸引的(“戴手镯的胳膊洁白、赤裸”);

10. 性厌恶的(“但是在灯光下,与浅棕色的头发一起垂着!”)。

这首诗的半途,出现了普鲁弗洛克第一次插入的抒情性表达,由三个诗节与“我该如何设想”的叠句组成。那段抒情表达结束后,这首诗变成了一种正式的再现部分,回顾其自身,因为话语 1 以“孤独的男子的衬衫袖子,伸出窗户”一句重回,而话语 2 以“破烂的爪子”和“疲惫的夜晚”,话语 4 以“茶和饼以及雪糕”,话语 5 以浅盘中的秃头,话语 6 以“把宇宙挤成一个球”,话语 7 以“这一切值得吗,毕竟”,话语 8 以“屏风上的神经图案”,话语 9 以“裙子拖曳过地板”重回,如此等等。 111
在这部分再现的过程中,普鲁弗洛克吟出了他第二个抒情部分,两个诗节,以共同的起句(“而这一切值得吗,毕竟”)和尾句(“完全不是”)连接。这两个内部抒情部分将《普鲁弗洛克》与它所继承的维多利亚时期的戏剧独白区分开来,并断言其戏剧独白主人公与抒情作者之间的从属关系,这位抒情作者称他的戏剧独白是一首“情歌”。

这首诗的倒数第二部分以尖刻的社交厌倦口吻来评判自我(“几乎,偶尔,弄臣”);但是,最后一部分则安排了嘲弄的个人反讽(“我敢吃一颗桃子吗?”),来对抗一种来自“大海的密室”与美人鱼的歌声顽固的浪漫主义。结尾的重叠符号对于艾略特是某种新的东西:

已经听到　美人鱼　歌唱着　对着彼此
她们会　歌唱
已看到　她们　行驶着　向海的那边
在波浪上
那　白发　波浪的　被吹　回来
扬起
白色　黑色
曾徘徊　在密室里　海的
海的女孩
海藻

这是渴望达至音乐境界的艺术话语，因为交叠的词语通过强烈的头韵与谐音得到加强。这样一种话语失去其对于任何功能性的社会目的的隶属关系。其佩特式的谐和[①]，自我指涉与自我毁灭，使得《普鲁弗洛克》在一种既不能拥有也无法忘却的美人鱼幻象的间接表达中结束。

普鲁弗洛克介绍他自己时，以一种冲动的抑抑扬格朝前迈步——“我们**走吧**”（“let us *go*”）——然后立刻滑入普通的抑扬格“我们走吧，那么，你和我。”这种抑抑扬格的冲动成为普鲁弗洛克的节奏符号——他愿 112
意进行他的社交性“拜访”的象征。这种冲动在诗的开头频繁出现：

> 我们**走吧**，你和我，
> 当夜晚展开对抗着天空
> 像一个病人被麻醉了躺在桌上；
> 我们**走吧**，穿过几条半已荒芜的大街……

---

① 佩特式的谐和（Paterian harmonics），短语中的佩特是指英国小说家、文学评论家沃尔特·佩特（Walter Horatio Pater，1839-1894），十九世纪末主张“为艺术而艺术”美学运动的理论家与代表人物。

我们**走吧**去瞧一瞧。

普鲁弗洛克的“由此开始”被那个轻蔑的女人有节奏地嘲笑着:“那**不**是我的意思,完全不是。”及至这首诗的结尾,这种勇敢的抑抑扬格小跳越似乎变得琐碎了:“我该把我的头发**分开**向后梳吗?我**敢**吃一颗桃子吗?”随着一种想象力勇气的重建,普鲁弗洛克虽然在“真正的”女人面前失败了,但在声称找到一位更好的相知之后,他恢复了他的跳越,“我已经**听到了**美人鱼歌唱,一个对着一个唱。”这种浪漫传奇的复苏紧随着一行刻意沮丧的抑扬格句“我不觉得她们会对我歌唱”重新变得勇敢起来,普鲁弗洛克坚称:“我已经**看到**她们,”而风景也回应着他的跳越,“当风扬起水面的白浪和水面的黑波。”普鲁弗洛克最后的抑抑扬格是,令人惊讶地用集体性的“我们”(既非诗一开始的“你和我”〔you and I〕,亦非诗的其余部分的“你们和我”〔you and me〕)发声;当一种宗教或哲学视域将他投入他的人类同胞的痛苦陪伴之中,我们看到他采用的正是这同一个“我们”:“我们曾**徘徊**在大海的密室里。”通过这个“我们”,他当然意指他的社会性自我和他的艺术家自我（“疯狂”），如今在更好的综合经验中相伴；但是，他也意指像他自己的其他人类。尽管最后两行让我们沉浸在抑扬格的音乐中，而倒数第二行则因重叠音而显得奢华：“海的女孩围着红色和棕色的海藻。”

抑抑扬格和半谐韵这类小事项巩固了《J. 阿尔弗雷德·普鲁弗洛克的情歌》中的想象力尝试与长诗行。这首诗将许多内在的话语（它们全部都在表达艾略特感受的某个方面）整合为一种“社会的”叙事，并在令人失望的“瞧一瞧”（visit）的线性叙事内部，插进更明显 113
模型化的两个表现倦怠的“抒情段落”。这两段抒情在那里是为了展示“疯狂在歌唱”——而实际上，在第一个“倦怠抒情段落”（“因为我已经认识他们所有，他们所有”）之后，艾略特在《普鲁弗洛克》原稿中留下四页空白，并插入《普鲁弗洛克的失眠症》中相对规则的四段诗节，让第二段高度模型化的“抒情段落”紧随第一段。在经典版的《普鲁弗洛克》中，艾略特没有将这两段内在的“歌”从叙事中分离开来，并将其归因于他的“疯狂”，一种疏离的、拟人化的表达者；相反，他已经决定用相同的声音既表达叙事也传达其内在抒情。但是，通过诗节分组的方式让抒情段落正式可见，艾略特表明，即使他已经决定将社交剧场作为他的抒情场所，也不会由此而被剥夺个人之歌的强度。（他会在《四个四重奏》中，以变化了的方式，在更模型化的更像歌的部分中继续他的这个决定。）

推动《普鲁弗洛克》的力量是艾略特的青春渴望，渴望在诗歌中融合他异化的性爱自我，他麻木的社会自我，他智性的哲学自我，以及他内省的艺术家自我，而我们在他早期的语言实验中，看到这些自我分裂成各种相互排斥的话语。当社会自我与艺术家自我徘徊在《普鲁弗洛克》中的夜晚大街与客厅里，艾略特最终找到了一种单独、丰富的话语，能够吸收、塑造并表达它们全体。这种话语——艾略特新获得的个人风格——是《荒原》的基础，而他会将其从客厅里拿走，并放置在更广大的地理、历史和文学语境中丰富它。但那是另一个故事了。

注释

［1］ T. S. Eliot, *Inventions of the March Hare: Poems 1909-1917*, ed. Christopher Ricks（London：Faber & Faber, 1996）, 83. 文中后面的参考均缩写为《三月兔》（*MH*），后接页

码。本章写作受惠于该选本颇多。

［2］《泰晤士报文学增刊》(1928 年 4 月 5 日),引自《三月兔》,第 392-393 页。

［3］《诗歌》(*Poetry*,1946 年 9 月),第 25 页;《三月兔》,第 392-393 页。

［4］"What Dante Means to Me," *To Criticize the Critic* (New York: Farrar, Straus & Giroux, 1965), 390.

［5］参见《三月兔》第 39-47 页,了解包含了《失眠症》的《普鲁弗洛克》的版本;参见《三月兔》,第 176-190 页,了解里克斯关于它的具有权威性的笔记。

［6］*Poems Written in Early Youth* (New York: Farrar, Straus & Giroux, 1967),"序",第 7-8 页;《三月兔》,xxxviii。

［7］"A Prediction in Regard to Three English Authors," *Vanity Fair* (February 1924);《三月兔》,第 413 页。

［8］这段摘引的最后一句,也许无意识但很不祥地回应了勃朗宁《博菲利亚的情人》(*Porphyria's Lover*)的结尾:"而神还没有说一个词"。我们不久会在同一首诗中看到另一处回应。

［9］*Varieties of Metaphysical Poetry*, ed. Ronald Schuchard (London: Faber & Faber, 1993), 128,引自《三月兔》,第 207 页。

［10］参见里克斯关于"角"的详解,《三月兔》,第 226

页。我看不出“甩来甩去”的角是一座(稳固的)祭坛的角。

［11］出自但丁《神曲》的《地狱篇》第 27 歌,第 61–66 行。归多·达·蒙番尔托洛在但丁向他提问时,给出这样的答复:“如果我以为我的答复是说给某个会回到世间的人听到,那么,这个火焰就会静止,不会再动。但是,因为没有人能够从这个深渊返回人间,假使我听到的这个说法是真的话,我就不怕羞耻地回答你。”依据艾略特的意大利语拼法译写。①

［12］T. S. Eliot, *Collected Poems* (New York: Harcourt, Brace, 1952), 3-7.

［13］尽管《J. 阿尔弗雷德·普鲁弗洛克的情歌》中韵脚大部分是单音节词,但艾略特特意有趣地在语义上让它们偏斜,搭配使用**旅馆**(hotels)和**外壳**(shells),**排水沟**(drains)和**窗–玻璃**(panes),**创造**(create)和**盘子**(plate),**楼梯**(stair)和**头发**(hair),**下巴**(chin)和**大头针**(pin),诸如此类。一个幼稚的诗人倾向于用韵脚相像的词。当艾略特这样做的时候(**犹豫不定**〔indecisions〕,**修订**〔revisions〕),这里,通过一个四音节词和一个三音节词卖弄的押韵,他确信自己知道在做什么。

---

① 中文译文参照朱维基的译本。

四　西尔维娅·普拉斯：重塑巨像

很少有青年诗人如西尔维娅·普拉斯(1932－ 117
1963)那般勤奋。她二十多岁时在诗歌上专注而持久的练习,可以从特德·休斯编选的《诗集》中以标题"少作"[1]收录的五十首诗看出来(而这些作品还不到她二十五岁之前写的二百二十一首诗作的四分之一)。[2]二十七岁时,她写下我眼中的第一首"完美"之作——《巨像》,这也成了她第一本诗集(1960年)的书名。尽管普拉斯还会写出更强有力也更精致的作品,但《巨像》——给诗人的父亲所作的一首挽歌——仍然是大部分普拉斯诗歌选集的编者必选的最早诗作。奥托·普拉斯,尽管本人是科学家,但他令人费解地将自己的糖尿病诊断为肺癌,并拒绝药物治疗长达四年之久。最终,他的腿因糖尿病坏疽而被截肢,并于一九四〇年十一月(在他女儿八岁生日后不久)死于肺栓塞,享年五十五岁。[3]生病期间，他很可能患上了女儿后来体验到的深度抑郁症，但是，八岁的普拉斯不可能了解这一点：她感到（也许是模仿她母亲的感受）他故意以一种准自杀行为抛弃了她。根据普拉斯自己的说法，她在十岁时第一次试图自杀；即便这个故事并不真实，它也象征着她失去父亲之后的感受。[4]

尽管诗人可能在自己后来的痛苦（我们如今将之部分归因于躁狂抑郁症）中赋予父亲的辞世过于重大的解释意义，但事实上，奥托·普拉斯令人迷惑的死亡确实困扰了女儿的认知能力，并在一段时间里主导了她的想象力：它的影响在她成年后的诗歌中产生共鸣，并已经出现在《杜鹃花小径上的厄勒克特拉》之前的十九首诗作中（参见本章后的附录）。谈论她父亲死亡的最早成熟诗作是两首挽歌：《杜鹃花小径上的厄勒克特拉》是两首中较早的一首，没有收进《巨像》诗集里[5]，而《巨像》是一首更有力的诗，写于七个月之后。我想比较这两首诗（最终通过否定第一首诗的风格显示普拉斯在第二首里所能完成的精彩创作），接着我会讨论
118 一首稍晚些的诗作——《国会山野》，关于一个未出生的孩子的挽歌。这首诗代表了普拉斯稍后对挽歌类型

(genre of elegy)的再思考,将之从《厄勒克特拉》的戏剧性模式和《巨像》的稳固模式里提取出来。那是一种新的普拉斯诗歌类型,尽管仍显笨拙,但充满希望地寻求一幅比那些为父亲书写的幽闭恐惧症挽歌更加宽广的社会油画。我在允许自己获得一种闪回未来的自由时,想说明一点,尽管我相信《巨像》是普拉斯的第一首"完美"之诗,但并不认为它代表了她关于一首诗应该是怎样的最佳设想。我会以一首更晚些的挽歌体诗《边缘》作结。

《杜鹃花小径上的厄勒克特拉》可以让我们注意到普拉斯在一九五九年初所尝试的风格。普拉斯的日记显示,她在《厄勒克特拉》(《诗集》,第289页)写作中含蓄地预言了后来《巨像》的写作目标。(正如特德·休斯在为普拉斯《诗集》所写的序言中所说,"她作为一名诗人的演变迅速经历了风格持续的蜕变,当她认识到她的真正问题与声音时……我们每前行一步,她都似乎褪掉了一种风格"。〔《诗集》,第16页〕)一九五九年三月九日,在奥托·普拉斯过世十八年多一点的时候,普拉斯去了马萨诸塞州温斯洛普的墓地,在杜鹃花小径旁,她找到了他的墓碑:

> 去我父亲的坟墓，一幅非常令人沮丧的景象……墓碑被放在一起，好像死者在一所济贫院里头对头睡觉一样……我找到一块平坦的石头：**奥托·E. 普拉斯**：1885–1940。就在小径边上，在那儿它会被踩过。感到受骗了。我忍不住想要把他挖出来。为了证明他存在过并真的死去了。他会变成什么样子？没有树，没有安宁，他的墓碑挤在另一边的身体上。很快离开。

三月二十日，十一天之后，她写道："完成了……《杜鹃花小径上的厄勒克特拉》。它们［她当时的诗作］从来都不完美，但我认为有好的方面。"不过一个月之后，即四月二十三日，她否定了这首诗，说"必须对我父亲的坟墓公正。已经将'厄勒克特拉'一诗从我的书中剔除。太过牵强与虚夸了"。（《诗集》，第 289 页）接下来，我们想到《巨像》，普拉斯同主题的下一首诗，风格
119 上比《厄勒克特拉》少一些"牵强与虚夸"；但是，为了理解这两个词对于普拉斯的意义，我们需要用普拉斯自己在四月二十三日的批评眼光来看待她三月二十日的《厄勒克特拉》。我认为普拉斯的"牵强与虚夸"主要

意味着“洛威尔式的”(Lowellesque)风格;到一九五九年十月写出《巨像》时,她已经成功摆脱了洛威尔的文风影响。

让我们简要描述一下《杜鹃花小径上的厄勒克特拉》的内容。一位女儿对她的父亲(已故去二十年)说话,声言在他死后,她故意退回到一种苍白的冬眠中,回归子宫,一种压抑的否认状态,在她那被“石头演员们”占领的受控的心理舞台上,“无人死去或凋零”。如今,她承认了父亲的死亡并开始允许悲伤的存在,她找到他的坟墓,悲叹着埋葬他的人工装饰的狭小墓地空间。当她注意到自己的“恋父情结”(普拉斯后来在BBC节目中关于另一首诗《爹爹》〔《诗集》,第293页〕时描述了这一点),这个女儿突然丢开现实描绘,作为《俄瑞斯忒亚》[①]中的厄勒克特拉,而说起——用三行斜

---

① 《俄瑞斯忒亚》(*The Oresteia*),古希腊悲剧家埃斯库罗斯(Aeschylus,约前523-前456)的作品,作于前458年,由《阿伽门农》《奠酒人》和《报仇神》三部作品构成,是仅存的希腊三联剧。三联剧《俄瑞斯忒亚》讲述了一个故事,希腊联军首领阿伽门农出征特洛伊之前,为取得胜利,杀死了自己的大女儿伊菲革涅亚献祭,以壮军威。当阿伽门农得胜归来,他的妻子克吕泰墨斯特拉为了给女儿报仇,与她的情人一道,施计杀死了丈夫。俄瑞斯特斯是阿伽门农的幼子,当时只有十二(转下页)

体字[①]——她的父亲阿伽门农(Agamemnon),回想起他的谋杀以及他的妻子克吕泰墨斯特拉(Clytemnestra)的复仇,因为他用他们的女儿伊菲革涅亚(Iphigenia)献祭。(普拉斯去除任何专有名称的援引:"我的姐妹"和"我的母亲"是厄勒克特拉所说的这段话的参照点。)因《俄瑞斯忒亚》和她自己的家庭不幸之间的不相称而不安,这首诗的当代言说者以一种自贬的口吻解释她突然跳入古希腊的原因:"我向一个古老悲剧借来这副高跷。"回到现实主义中来(在提及伴随她自己出生的两个坏兆头之后),她讲述了父亲死于坏疽以及他的死对她初生的情感生活的打击:"我带来了我的爱去承担,而你却死了……/ 我是声名狼藉的自杀者的鬼魂。"这首诗以令人费解的内疚结束,因为女儿请求父亲,既要原谅是她导致他死去,也要原谅她自己(死后报道的)设想的自杀:"正是我的爱害死了我们俩。"

(接上页)岁,被迫逃亡他乡,发誓长大后一定替父报仇。厄勒克特拉是阿伽门农的次女,多年之后,当俄瑞斯特斯返回家乡后,在她的怂恿和帮助下,姐弟二人合力弑杀了他们的母亲。另,古希腊悲剧家索福克勒斯(Sophocles,约前496-前406)著有悲剧作品《厄勒克特拉》。

① 中译以黑体表示。

《杜鹃花小径上的厄勒克特拉》由五个押韵的五步格诗节组成，十行一节和八行一节交替：

杜鹃花小径上的厄勒克特拉 120

你死的那天我便进入土中，
进入那无光的越冬巢
那里蜜蜂，身着黑金条纹衫，睡过了暴风雪
像僧侣石，而地面是坚硬的。
二十年间一直是好的，越冬——
仿佛你从没有存在过，仿佛我
以天神为父从我母亲的肚子里降临这世界：
她宽大的床佩戴了神圣的污迹。
我与内疚或任何事情无关
当我在我母亲的心里蠕动着回来。

身穿着无辜的连衣裙我小如一只玩偶
我躺着梦到你的史诗，形象接着形象。
无人死去或凋零在那个舞台上。
一切发生于一种持久的白色里。
我醒的那天，我醒在教堂墓地山。

我找到你的名字，找到你的骨头和所有
应征者们挤在大墓穴中，
你那带着色斑的墓石歪斜在一排铁篱旁。

在这仁爱的病室，这济贫院，死者
拥挤着脚抵着脚，头顶着头，没有鲜花
破开这片泥地。这是杜鹃花小径。
一片牛蒡向着南方盛开。
六英尺的黄色砂砾覆盖着你。
这人造的红色鼠尾草既不会抖动
在塑料常青树花篮里，他们把它
放在紧邻你的墓碑旁，也不会腐烂，
尽管雨水溶解了血色的染料：
人造花瓣滴着，它们滴着赤红。

另一种红色迷惑着我：
那天你懈怠的船帆饮下我姐妹的呼吸
121 **平坦的大海变色如同那件恶魔之衣**
我母亲在你最后回家的日子里展开。
我向一个古老悲剧借来这副高跷。

真相是,一个十月末,在我出生的哭喊中
一只蝎子蜇伤它的头,祸事一桩;
我母亲梦到你脸朝下在大海里。

石头般的演员们保持镇静并喘着气。
我带着我的爱,而你却死去。
是坏疽吞吃你只剩下骨头
我母亲说过;你死得像任何男人。
我怎样能够成熟到那种心灵的状态?
我是声名狼藉的自杀者的鬼魂,
我的蓝色剃刀锈蚀在我的喉咙里。
噢原谅那个敲着你的门请求原谅的
人吧,父亲——你的母狗婊子,女儿,朋友。
正是我的爱害死了我们俩。

(《诗集》,第 116 页)

Electra on Azalea Path

The day you died I went into the dirt,
Into the lightless hibernaculum
Where bees, striped black and gold, sleep out

the blizzard
Like hieratic stones, and the ground is hard.
It was good for twenty years, that wintering —
As if you had never existed, as if I came
God-fathered into the world from my mother's belly:
Her wide bed wore the stain of divinity.
I had nothing to do with guilt or anything
When I wormed back under my mother's heart.

Small as a doll in my dress of innocence
I lay dreaming your epic, image by image.
Nobody died or withered on that stage.
Everything took place in a durable whiteness.
The day I woke, I woke on Churchyard Hill.
I found your name, I found your bones and all
Enlisted in a cramped necropolis,
Your speckled stone askew by an iron fence.

In this charity ward, this poorhouse, where the dead
Crowd foot to foot, head to head, no flower
Breaks the soil. This is Azalea Path.
A field of burdock opens to the south.
Six feet of yellow gravel cover you.
The artificial red sage does not stir
In the basket of plastic evergreens they put

At the headstone next to yours, nor does it rot,
Although the rains dissolve a bloody dye:
The ersatz petals drip, and they drip red.

Another kind of redness bothers me:
The day your slack sail drank my sister's breath
The flat sea purpled like that evil cloth
My mother unrolled at your last homecoming.
I borrow the stilts of an old tragedy.
The truth is, one late October, at my birth-cry
A scorpion stung its head, an ill-starred thing;
My mother dreamed you face down in the sea.

The stony actors poise and pause for breath.
I brought my love to bear, and then you died.
It was the gangrene ate you to the bone
My mother said; you died like any man.
How shall I age into that state of mind?
I am the ghost of an infamous suicide,
My own blue razor rusting in my throat.
O pardon the one who knocks for pardon at
Your gate, father — your hound-bitch, daughter, friend.
It was my love that did us both to death.

尽管《杜鹃花小径上的厄勒克特拉》体现了普拉斯匠心独运的诗节结构[6]，但它仍然充满其他诗人——叶芝、弗罗斯特、欧文①，尤其是普拉斯的老师罗伯特·洛威尔——在主题与风格上未被同化的回声。普拉斯显然借鉴了洛威尔的挽歌《在印第安人屠杀者的坟前》，如我们所见，她采用了洛威尔独特的句法形式：一个跨行句子的前半句突然被一个随后的短句中断。

> 这仁爱的病室，这济贫院，死者
> 拥挤着脚抵着脚，头顶着头，没有鲜花
> 破开这片泥地。这是杜鹃花小径。

普拉斯还效仿洛威尔坚持的词语重复和句法平行的修
122 辞实践。她以洛威尔式的浓烈情绪聚焦于坟墓附近的
人造花篮，描绘其中的红色鼠尾草，用交错法，红（red）……滴（drip）……滴红（drip red），并以“rot”（腐烂）和“rain”（雨水）作为头韵词加强：

---

① 威尔弗雷德·欧文（Wilfred Owen，1893-1918），英国诗人，第一次世界大战期间写下大量有关战争经验的诗篇，年仅二十五岁战死。

这人工的红色鼠尾草既不会抖动
　　　　　　……也不会腐烂，
尽管雨水溶解了血色的染料：
人造花瓣滴着，它们滴着赤红。

普拉斯也模仿了洛威尔诗中的自杀冲动，借用他在《醒在蓝色中》中的剃须刀意象，但（因为她是在死后时刻说话）将其改成一把她用来杀死自己后锈蚀的剃须刀：

我是声名狼藉的自杀者的鬼魂，
我的蓝色剃刀锈蚀在我的喉咙里。

模仿叶芝是她的另一个"修辞"来源，普拉斯宣称："我向一个古老悲剧借来这副高跷。"（叶芝在《大话》[*High Talk*]一诗里用"高跷"来表现他高妙的修辞，认为"缺少高跷的游行抓不住眼球"。）[7]而叶芝习惯于将一个神话形象如库丘林（Cuchulain）假定为一首诗的主人公，这可能是普拉斯采用厄勒克特拉形象的原因，正如叶芝赋予他生活中的人物以史诗角色（作为特洛伊的海伦的毛德岗），这也影响了普拉斯将她的父亲提升至史诗维度:“我躺着梦到你的史诗,形象接着形象。”弗罗斯特也出现在《厄勒克特拉》中:在普拉斯的某些诗行背后,可以听到他的新汉普郡叙事的粗重沙哑的声调:“是坏疽吞吃你只剩下骨头 / 我母亲说过;你死得像任何男人。”普拉斯使用的斜韵(slant rhymes)和隐韵(off-rhymes)是从叶芝和欧文那里挪用的特性(“stage”和“image”;“bone”和“man”;“throat”和“at”)。[8]

那么我们也许会问,除了它那巧妙而不足以令人信服的交替诗节形式的设计之外,《杜鹃花小径上的厄勒克特拉》还有什么**不是**派生出的呢?我们能将什么
123 归功于普拉斯自己富有想象力的发明呢?最重要的部分是,她的原创性表现在对主题和意象的唤起,而这些主题与意象将成为她永久的保留剧目的一部分。这些部分包括:

与父亲的共生(“你死的那天我便进入土中…… / 正是我的爱害死了我们俩”)

刻意压抑创伤(“用了二十年是好的,越冬—— / 仿佛你从没有存在过……/一切发生于一种持久的白色里”)

蜜蜂与石头（“那里蜜蜂，身着黑金条纹衫，睡在暴风雪中/像僧侣石”）

女儿的神圣出身（“我来了 / 天父君临这世界”）

无生命的自我（“身穿着无辜我小如一只玩偶”）

她自己重复父亲的“自杀”（“我怎样能够成熟到那种心灵的状态？”）

在《杜鹃花小径上的厄勒克特拉》中，最明显的局促感是墓地的准摄影式的复制（普拉斯从她的散文笔记稍作改动而成）和古希腊史诗的叙事机制的共存。这首诗强烈地记述了普拉斯对公墓里死者完全拥挤在一起所感到的痛苦；她含蓄地感受到，父亲应该得到一个属于自己的宽敞而充足的空间，适合她觉得父亲比真人大得多的孩子气的印象。不过，她没有办法在这首诗现实而又平庸的掩埋之地给予他这个空间；而当她把父亲转换为阿伽门农，用斜体字的诗行写给他，她则简单地将这首诗一分为二，从概念上讲，一部分在温斯洛普的公墓，另一部分在古希腊。

普拉斯将《厄勒克特拉》重写为《巨像》时，她放弃了墓地里的现实场景设置。父亲的形象通过诉诸大胆的抽象而获得解放。不再是一具被埋葬的尸体,他现在真正是女儿一直以来想象的模样(静止于她八岁那年):一个巨像。我们看到的不是温斯洛普或古希腊,
124 而是海边一处没有特别指明的风景。我们需要发问的是,从这种想象跃入抽象,有多少象征性的变化随之而来,而它们何以如此令人惊奇。

巨　像

我永远不会把你完整地拼合,
拼凑,粘合并正确地连接。
骡子嚷,猪哼哼和下流的咯咯声
从你的大嘴唇继续。
比一个谷仓更糟。

或许你自认为是个神谕者,
死者的喉舌,或某个神或别的喉舌。
三十年来我埋头苦干
从你喉咙的裂缝里清淤。
我不比以前更聪明。

带着胶锅和几桶来苏尔消毒剂爬上小梯子
我像一只服丧的蚂蚁那样
爬过你杂草丛生的几英亩的眉头
修补巨大的颅骨板并扫净
那光秃的、你双眼的白色古墓。

来自俄瑞斯忒亚的一片蓝空
拱起在我们之上。噢，父亲，你全靠自己
你精辟而有历史感如同罗马广场。
我打开我的午餐在一座长满黑松的小山上。
你有凹槽的骨头和刺叶的头发四散

在它们老旧的混乱形态中直至地平线。
它需要的不只是一场雷击
以制造这场废墟。
夜晚，我蹲伏在你左耳的
丰饶角里，躲避着风，

细数红色和李子色的星星。
太阳在你的舌头柱下升起。

125 我的时日与影子结婚。
我不再会听一根龙骨的刮擦响
在这块平台空白的石头上。

(《诗集》,第 129 页)

The Colossus

I shall never get you put together entirely,
Pieced, glued, and properly jointed.
Mule-bray, pig-grunt and bawdy cackles
Proceed from your great lips.
It's worse than a barnyard.

Perhaps you consider yourself an oracle,
Mouthpiece of the dead, or of some god or other.
Thirty years now I have labored
To dredge the silt from your throat.
I am none the wiser.

Scaling little ladders with gluepots and pails of Lysol
I crawl like an ant in mourning
Over the weedy acres of your brow
To mend the immense skull-plates and clear

The bald, white tumuli of your eyes.

A blue sky out of the Oresteia
Arches above us. O father, all by yourself
You are pithy and historical as the Roman Forum.
I open my lunch on a hill of black cypress.
Your fluted bones and acanthine hair are littered

In their old anarchy to the horizon-line.
It would take more than a lightning-stroke
To create such aruin.
Nights, I squat in the cornucopia
Of your left ear, out of the wind,

Counting the red stars and those of plum-color.
The sun rises under the pillar of your tongue.
My hours are married to shadow.
No longer do I listen for the scrape of a keel
On the blank stones of the landing.

与《杜鹃花小径上的厄勒克特拉》相比,这首诗的装饰大大减少,因为普拉斯将《厄勒克特拉》的忏悔叙事抽象成一种匿名叙事,讲述一种由象征性义务所要求的单一的重复性和修复式的仪式。普拉斯向我们展示了一个巨人像的碎片：她了解亨利·摩尔[1]那些使帕特农神庙的英雄卧像的关节脱离的雕塑吗？这个巨像掩映在大海、天空、长满黑松的小山、群星和海岸间。在此场景中，一个女儿做着清洗与修复的无休止的劳动。诗的语调模糊而反复：它时而嘲讽，时而凄凉，时而放肆，时而平静，时而顺从命运。

特德·休斯关于《巨像》的评论始于对普拉斯的通灵板[2]体验的描述，其主持者"奥托王子"不直接和她说话，而是通过"灵魂"间接地传递信息：

> 当她希求一种更个人的交流时，她会被告知奥托王子不直接与她交谈，因为他听命于巨像。而她迫不及待地要求面见巨像时，他们又会说他是不可接近的。不难看出，在她的诗歌中，她如何

---

① 亨利·摩尔（Henry Moore，1898–1986），英国著名雕塑家，以大型铜铸塑像和大理石雕像闻名于世。

② 通灵板（the Ouija board），也称灵乩板、灵验牌、对话板等，十九世纪流行于欧美的一种通灵方式。通灵板的外形为一块平面木板，上面标有二十六个字母，数字0–9，以及其他一些图案符号。用于参与者与亡灵对话。使用方法是参与者用手指在类似心形的小木板或能移动的指示物上，等到小木板被推动时，就可以逐字拼出亡灵所要呈现的信息内容。

> 努力接受这座巨像对于她的意义，随着时间的推移，变得愈发重要……一九五九年末……她做了一个梦，当时对她产生了幻象般的冲击。在梦中，她试图重组一个巨大、破碎的石头巨人像。依据她的私人神话，我们可以明白，这个梦极其重要，而她用诗写下这个梦，将这个废墟描述为“父亲”，在一首她认为在那时是个突破的诗中。[9]

我们可以说，一旦普拉斯能够梦见她的父亲是一组固
定的、被漂白了的部件，她肯定就不再把他想成是一个 126
活人，甚至也不再把他想成是一个被埋葬的（依然完整的）身体。于是，诗（以及产生诗的梦）的“抽象”代表了诗人的想象从现实秩序走向了象征秩序。对普拉斯来说，这是一次“突破”——用她或休斯的话说——她理解到象征秩序是对待现实的正确场所。

拿《巨像》的形式同《厄勒克特拉》比较，我们发现押韵消失了。颇具仪式感的五音步格不见了。六节诗长度相等，每节五行，但是韵律不规则。突然，读者读到一个即将成为“普拉斯”的那个人。但是，带来那种感觉的风格到底是什么呢？奇怪的是，首先是耳朵对

于诗行以弱音节结尾的感觉：第一节和第二节中，五行里有四行都是这样结束的，这便建立起一个强有力的假设，即会有更多的弱结尾将会出现（事实如此：在这首诗的三十行中，有十九行——几乎占三分之二——结束于弱音节）。这种持久的节奏从何而来？[10]（尽管《厄勒克特拉》处理了与《巨像》相同的主题，但前者四十六行诗中只有六行以弱音节结尾。）我相信，四个令人着迷的词——厄勒克特拉（下意识地），以及巨像、俄瑞斯忒亚和父亲（明显出现在诗中）——萦回在普拉斯超乎自然的耳际，并将它们的下降节奏赋予《巨像》。除了下降节奏的尾词之外，诗中还充满其他抑扬格和长短格的词：[11]这种持续的下降节奏的重复出现弥补了这首诗脚韵的缺失和符合韵律规则的诗行的缺失。诗中有十一个尾词以一种极强的重音结束，与这种下降节奏冲突，其中六个尾词（均被"your"修饰）一律属于巨像：你的大嘴唇，你的喉咙，你的额头，你的眼睛，你自己，你的舌头。（clear，horizon-line，stroke，wind，和keel是另外的强音尾词。）不过初读时，这种节奏技巧自身并不明显：普拉斯的成熟诗歌并不像刻意"打磨过的"少作那样突出技巧。相反，技巧在秘密而有力地运作。

如果《巨像》中没有推进的叙事——既然这首静态诗歌的重点在于女儿的任务永远也不会完成，那么一切都不会改变——普拉斯用什么来代替情节从而将她诗作的一部分与另一部分绑在一起呢？诗人没有建构起一个线性故事，而是安排了一种语法的变换，其中主语位置的代词“我”和“你”（或它们的形容词形式）来回交替，赋予这首诗一种应答轮唱般的节奏。在下面的图表中，我将主语代词标为斜体，并对不属于代词轮唱模式的词句做了缩进、括号和斜体处理[①]： 127

我永远不会把你完整地拼合；
或许**你自**认为**你自己**是个神谕者，
三十年来**我**埋头苦干；**我**不比以前更聪明；**我**
 爬过

    [**一片蓝空拱起在我们之上**]

噢父亲……**你**精辟而有历史感。
我打开**我的**午餐。
你有凹槽的骨头……四散……

① 此处中文以黑体代替英文的斜体。

［**它需要的不只是一场雷击**］
我蹲伏在丰饶角里；
［**太阳从你的舌头柱下升起**］
我的时日与影子结婚
我不再会听。

普拉斯以一种拱门的形式建造了她的诗，在拱门中，主语位置的代词轮唱升起、下降，一个核心的非代词主语句构成了拱心石式的关键，即"转折点般的"中心陈述（出现在30行诗的第16–17行诗句）。在这里，语法主语既非"我"亦非"你"，而是取代性的天空："来自俄瑞斯忒亚的一片蓝空／拱起在我们之上"。这行拱心石式的关键句包含了此诗中唯一的复数代词——修饰"结婚"的代词"我们"。（后来，普拉斯说到她的时日与影子结婚时，"我们"中的父方的"你"已经逐渐消失至其真正的幽灵状态，并再度弃"我"于孤独中。中心词"我们"的哀婉情绪因那随即的消失而剧增。）除了它的"拱心石"诗行之外，《巨像》还包含两个更深层的"客观的"陈述，二者皆与天空有关："它需要的不只
128 是一场雷击／以制造一次毁灭"以及"太阳从你的舌头

柱下升起”。这三个“客观的”句子，由于缺少构成此诗其余部分的代词性质的主语位置的“我”和“你”，呈现出神谕和独立的力量；与其说它们属于个人存在，不如说它们属于命运。

说“它需要的不只是一场雷击/以制造一次毁灭”，这意味着什么呢？雷击是来自宙斯的雷霆；普拉斯似乎暗示在众神之上有一种神秘的力量，其施加的破坏性甚至超过了奥林匹斯。正如巨像是巨大的，所以打翻他的那个命运也比俄瑞斯忒亚的神明更具致命性力量。随着普拉斯将诗歌规模的视觉比例从硕大无朋延伸至微不足道，父亲的大理石像的宏伟与他悲剧性废墟的伟大相结合，将他被奴役的女儿缩小至一只蚂蚁大小。

我一直在讨论这首诗，好像它是围绕着巨人形象谱写的一曲传统挽歌。从某种程度上说，的确如此，但作为挽歌，它展现了许多令人不安的品质，其中包括蕴藏于开篇的粗俗感与喜剧气质。诗中的“我”在她这一方的轮唱画面中开启了管家式的规劝：“我永远不会把你完整地拼合……/ 正确地连接”，与之相匹敌的，是巨像的第一声刺耳的动物“话语”，正如她传达的：“骡子嚷，猪哼哼和下流的咯咯声 / 从你的大嘴唇继续。”《杜鹃花小径上的厄勒克特拉》不可能认可这样的语言。这种粗俗来自叶芝（《所罗门和女巫》）[12]，但它获得了一种普拉斯式的放肆无礼，持续在嘲弄的驳斥话语（“比一个谷仓更糟”）中，而在常规的“严肃”挽歌中，这种话语本应是父亲神圣的死后的言语。[13]谷仓元素随着《巨像》的继续而消退，但是这种放肆无礼甚至在我们经过中央的“拱心石”诗行之后依然逗留于诗中：“噢，父亲，你独自 / 你精辟而有历史感如同罗马广场。”

当然，这种放肆无礼的机智是普拉斯对孝道要求的作者式防御。她非常想相信父亲是一个神谕者或一个神，所以她必须把宣称这样一种自我定义的角色交
129 给他：“或许你自认为是个神谕者，/ 死者的喉舌，或某个神或别的喉舌。”对她自己而言，她会保持距离，冷漠地嘲笑他可能提供的腹语术的来源。刻意而为的家庭细节（“几桶来苏尔消毒水”，女儿的“午餐”等）将巨像的考古修护简化为一项乏味的任务，而非一种神圣的义务。

从对《巨像》的关注中稍离片刻，我们现在要问，《杜鹃花小径上的厄勒克特拉》发生了什么？普拉斯在第二首诗中回忆起，从她在墓地的第一反应中，她那令

人毛骨悚然的愿望是挖出父亲的身体，想知道二十年后父亲身体会腐败到何种程度。“我忍不住想要把他挖出来……他会变成什么样子？”现在，她的想象力使她超越了爱伦·坡式的幻想，自由地进入一种更积极的象征行为——一座被摧毁的雕像的**残片**（the *disjecta membra*）的再表达。她把重新表达尸体的愿望与将父亲从与其他死者凌乱拥挤在一起的屈辱状态中解放出来的愿望混合在一起；然后，她的想象力创造了这个关节脱落的、孤立的大理石塑像，永不腐烂的巨人，在无情的天空下伸展成废墟，使得考古修复的最大努力成为徒劳。普拉斯在墓地扮演一位哀悼的厄勒克特拉时的孝行，导致已故的父亲在她身上调动起来的精神能量的一个方面——愤怒的一面——的窒息。现在，在描述他古老的宏伟的时候（古墓是他的双眼，他几英亩的眉毛），普拉斯允许她愤怒于他的准自杀——让他变得无法理解的遗弃行为，这愤怒有权表达，即便只是以喜剧的形式。因为（已死的）他不能用英语跟她说话，可以理解，他发出的动物声响要求被翻译成她的语言，就如他关节脱落的碎片含蓄地要求通过女儿的劳作而得到修复完整一样。

不过,即使我们认识到宏伟与嘲弄的交替,即使我们觉察到第一和第二人称代词的轮唱结构是由天空的
130 遥远的客观性所锚定的,即使我们承认有些句子似乎免于讥刺(“三十年来我埋头苦干 / 从你喉咙的裂缝里清淤”)[14],依然有一些短语——诗中最好的——抵抗着我们的标签。这些词语群简练地创造了一种密实的感觉复合体。“我像一只服丧的蚂蚁一样爬过”(I crawl like an ant in mourning)可以充当这类短语的一个例子。仅仅七个词就呈现了一种由几股情绪线组成的复杂感觉:对不公正或至少是无休止的劳动的不满;通过与巨像的比较而产生的个人矮化;对无可逃避的仪式的一种无助的现在感的体认;延伸至分分秒秒的复原重建中的悲伤。这样一个多种情绪的结合体无法赋予一个简短的定义,只能赋予诗学定义。至此,普拉斯已经学会了浓缩的艺术,它不是通过“牵强和虚夸”的洛威尔式的,让很多词语拥挤在一起而构成的一种密集拥塞,而是通过她自己清晰的简约而达成。

另一种如此错综的感觉构型出现在以下诗行里:

夜晚,我蹲伏在你左耳的

丰饶角里，躲避着风，

细数红色和李子色的星星。

状语“夜晚”唤起了劳动者醒着与睡着的习以为常的循
环；“我蹲伏”暴露了被矮化的自我，退回到远离任何文
明的一种身体的原始习性中；“在你左耳的丰饶角里”
不仅清楚地表达了巨像的任何单独部分（更不必说整
个）可以发现的无限资源，而且也暗示了女儿渴望被父
亲听到的愿望；“躲避着风”揭示了各种因素施加的日
常侮辱，当她攀爬在她大理石的父亲的碎片中间时，女
儿被暴露无遗，没有遮蔽。但是，在意象繁复的最后一
行，女儿解除了白天对大理石废墟的执着固恋，完全展
现了另一个维度的自己。这是此诗三个“审美”时刻中
的第二个时刻：女儿，暂时从无休止的劳动中解脱出来，
悠闲地度过“细数红色和李子色的星星”的夜晚。她数 131
着星星，品味它们不同的颜色，在这片独特的天空中，它
的闪电象征着无情的命运，而它的太阳宣告令人筋疲力
尽的劳动，她发现这是从子女孝行的悲剧中短暂的解脱。

正如在这两个例子中（服丧中的蚂蚁和审美意义

上的细数星星)体现的,普拉斯最出色的效果均产生于一种密集运作的词语构型(a close-worked verbal gestalt),虽不是立刻可解,却令人信服。这种感觉群集(feeling-clusters)最终是可以理解的,因为普拉斯所坚持的清晰性,驱使她不去写任何无智识基础的东西。但是,在完全理解它们各个组成部分之前,我们被它们令人瞠目的风格、它们不可预测的词组所吸引。

《巨像》之所以令人信服,也因其中逐步浮现的女儿对父亲的爱。作为一堆分散的碎片,作为不可理解的话语的一阵杂音,作为一片巨大骷髅的荒漠,也作为一种无法归类的物体,如同古罗马广场那样层次多样,父亲原本是一个挫败和疲惫的地点。然而,在被赋予了情感的明晰性和一致性的场景——提到俄瑞斯忒亚的"拱心石"之句"来自俄瑞斯忒亚的一片蓝空/拱起在我们之上"出现之后,情况发生改变。一旦悲剧取代了不可理解的不公,一旦古希腊建筑的记忆被古希腊悲剧思想所召唤,女儿的任务就会被一种新的废墟观念,即审美的观念所解除。这是全诗中三个审美时刻中的第一个时刻,它与我已提及的第二个时刻,即形成高潮的观星场景平行。在这里,女儿不再看到"光秃的，白色古墓”，而是“有凹槽的骨头和刺叶的头发四散”。她仍然对被迫收拾残局感到不满，如我们从她反抗性地使用“散乱”一词所知；而且她依然致力于控制这种无序，亦如我们从她将其贴上“混乱”的标签一样。尽管如此，经由词语“凹槽的”和“刺叶”打开的美学方向在诗中依然存在，不仅体现在对群星颜色的超然欣赏，而且也体现在对巨像准（旧约）诗篇式的晨礼上。
她回忆她对父亲的雕像说，每天早上，“太阳在你的舌 132
头柱下升起”——仿佛巨像的舌头，早先是嚷嚷声和哼哼声的来源，现在，在这三个审美时刻中的第三个时刻，它变成了一根阿波罗神庙中的支柱。之所以能够获得这种爱的坦白，并非由于采用了厄勒克特拉的角色，尽管这一直是通向《巨像》的一个中间站；相反，它是将普拉斯作为儿女的痛苦纳入古希腊戏剧的复杂辩证法，将谷仓里发出哼唧声的撒特剧（satyr-play）①与仪

① 撒特剧（satyr-play），又译萨梯剧，是古希腊悲剧和喜剧之外的另一种戏剧样式——闹剧。Satyr 是森林之神，在古希腊神话中是酒神狄奥尼索斯的随从，上半身为人，下半身有山羊的后腿。撒特剧基本上是将神话滑稽化，吵闹的情节发生在乡间，剧中包含活泼的舞蹈与猥亵的语言及动作。作为悲剧之后加演的短剧，撒特剧用喜剧性纾解了观众在此前悲剧中感受的严肃与紧张。

式性义务的悲剧混合在一起，并强调这种个人化的整合，通过希腊悲剧传达给我们的审美的超然立场来思考命运，借此使上述个人化整合变得可能。

《巨像》中严密、完备自洽和诗行长度均等的诗节产生的一个后果是，我们感觉到一种由风景的“混乱形态”和“废墟”引发的美学上完善的秩序——尽管结局凄凉：女儿等待着一位从未光临的救主。结束部分直击人心的力量——“我不再会听一根龙骨的刮擦响 / 在这块平台空白的石头上”，出自前面几行中的许多来源。拟声的“刮擦”把龙骨带到耳中，即便它被否认了；而我们读到它们时，感觉我们遇见过那些着陆的“空白的石头”。认可的感觉如此强烈，部分原因不仅是我们已经遇到了这么多的扬扬格（spondee），而且也因为我们在整首诗中一直在储备预期的“空白的石头”——巨像的“大嘴唇”，“几英亩的……眉头”，“巨大的颅骨板”以及“光秃的、白色古墓”。“有凹槽的骨头”与“空白的石头”相距不远，而舌头的“柱子”则增添了另一种石头。在普拉斯写得最好的这部作品中，一些效果的积累一再发生，为结尾“神秘”（但可解的）结论贡献其无声的压力。

作为诗人，此时的普拉斯已经成熟，首先是通过摆脱她的前辈——从狄金森到狄兰·托马斯，从叶芝到洛威尔的魔咒，其次通过实现一种显著体现在《巨像》中的个人风格，尤其清晰可见于她浓缩的象征复合体（symbolic complexes）中，有的甚至简短到一个短语 133
（“一只服丧的蚂蚁”）。她已经学会坚定地构建一首诗：在《巨像》中，她做到了这一点，通过语法（她的轮唱代词和指代形容词），句法（她的主观句和客观句的交替交换），诗节形态（匀整、等长、短句）以及节奏（诗歌独特的降韵〔falling cadence〕）。最重要的是，她已经学会将机智与悲剧融为一体，容许愤怒与爱这两种对立的情感在一首抒情诗中交织和融汇。

《巨像》有什么问题吗？如果我们拿它与普拉斯最强大的作品，即她在一九六二年和一九六三年写下的一些精心打磨的诗作相比的话，确实是有的。与后者的不事渲染相比，《巨像》因它的家庭厄运，它夸张的比例对照以及多声调的音域等，看上去可能有情节剧的感觉。《巨像》确实也有问题——如果拿它与普拉斯最狂野的作品比较，就其严格而顺从的拘泥形式而言，是有问题的：与《爹爹》及《拉撒路女士》相比，它可能会显得压抑。在那些诗作中,《巨像》中还在限制愤怒的古典之盖被揭开了,因为很明显,非古典的、新哥特式的吸血鬼神话与自我展示解放了普拉斯发泄而出的想象暴力(其中,铺张的粗俗语词和粗鄙表达与野蛮的快乐交织在一起)。如果我们将《巨像》的象征性的舞台抽象与普拉斯最"人性"的家庭诗作(这些诗作达到一种与"嫁给影子"的痛苦而怪异的亲密感完全不同的亲密感)进行比较的话,《巨像》也确实还有问题。

那是一种更人性化的亲密感,是普拉斯最艰难的自我革新的结果,当普拉斯两年后再次采用挽歌体时,我们发现了这一点。在《国会山野》(《诗集》,第152页)中她保留了在《厄勒克特拉》和《巨像》中使用的直接称呼(the direct address),但在这一次,她讲述的是一九六一年二月六日在怀孕三个月后流产中失去的孩子。诗人自己在BBC朗读这首诗时评价道:

> 这首诗是个独白。我想象一个人看着伦敦的国会山野的风景,这个人被一种强烈的情感所淹没,以至于风景被改变色彩并扭曲了。这里的言说者被卡在旧年和新年之间,也在失去孩子(流

产)造成的悲伤和知道大孩子安全在家的喜悦之间。渐渐地,开始的空白与沉默的意象让位于渐愈和康复的意象,而这个女人有点生硬而艰难地从她的丧亲之痛的感觉,转向她的世界里依然幸存的那重要且费神的部分。(《诗集》,第290–291页)

普拉斯在这里强调了两件事:对立的母性情感(悲伤与喜悦)产生了这首诗;而第一种情感("空白和沉默的意象")渐渐演变为第二种情感("渐愈和康复的意象")。亦即,她想要写一首诗,像《巨像》那样,在一个容器里容纳对立的情绪,随着诗歌的推进它的感觉跟着改变,而且主要通过意象来表现。[15]她甚至保留了《巨像》的五行诗节的形式。所有这些相似点(其他的相似点稍后会提及)证明对这两首挽歌进行近距离的比较是合理的,尽管我的终极目标是定义它们之间的差异——主要是普拉斯在第二首挽歌中的顽强努力,即打开她以前的幽闭恐惧症的挽歌宇宙。

国会山野

在这光秃的小山上新年搪磨它的边缘。

瓷器般呆板又苍白
圆圆的天空继续管好它的事务。
你的缺席并不引人注目；
没有人能说出我缺了什么。

海鸥踩过河里的淤泥床返回
到这青草的山冠。内陆，他们争辩道，
安定而萌动如被吹起的纸张
或一名病号的双手。没有血色的
太阳设法击打出如此锡一般的闪光

从我双眼皱缩而溢满的相连的
池塘里；城市像糖一样融化。
小女孩们的一条鳄鱼
打着结又中断，很不相称，穿着蓝色制服，
张开要吞了我。我是一块石头，一根棍子。

一个孩子掉了一只粉色塑料发夹；
她们似乎没有注意到。
她们尖锐、沙哑的流言汇聚传播。

现在，寂静伴随着寂静自身。
风像绷带一样堵住我的呼吸。

向南，越过肯特西镇，一抹灰色浓烟
裹紧屋顶与树。
也可以是一片雪原与一道云堤。
我假定思考你是毫无意义的。
你玩偶般的抓握已经松开。

这古墓，即便在正午，守护它的黑色阴影：
你知道我缺少持久性，
一片树叶的幽灵，一只鸟的幽灵。
我围着扭动的树转圈，我太高兴了。
这些忠实的深色枝干的柏树

抱窝孵蛋，扎根于它们堆叠的损失。
你的哭声消失如一只蚊子的哭声。
我看不到你在你盲目的旅途上，
当石南草闪光，纺锤般的溪流
解开缠绕并流尽自身。我的心追随它们

脚印形成水洼，摸索着卵石与草茎。
白天清空它的影像
如一只杯子或一间房。月亮的弯钩变白，
薄似一块皮肤皱起伤疤。
现在，在婴儿室的墙上，

这蓝夜的植物，浅蓝的小山
在你姐姐的生日照片上开始发光。
橙色的绒球，埃及纸莎草
点亮。每根带着兔耳朵的
玻璃背后的蓝色灌木

136 散发靛蓝色的光轮，
一种玻璃纸气球。
旧的残渣，旧的困难娶我为妻。
海鸥在透风的暗光中僵硬于它们寒冷的守夜；
我走进这发光的房子。

（《诗集》，第 152–153）

Parliament Hill Fields

On this bald hill the new year hones its edge.
Faceless and pale as china
The round sky goes on minding its business.
Your absence is inconspicuous;
Nobody can tell what I lack.

Gulls have threaded the river's mud bed back
To this crest of grass. Inland, they argue,
Settling and stirring like blown paper
Or the hands of an invalid. The wan
Sun manages to strike such tin glints

From the linked ponds that my eyes wince
And brim; the city melts like sugar.
A crocodile of small girls
Knotting and stopping, ill-assorted, in blue uniforms,
Opens to swallow me. I'm a stone, a stick.

One child drops a barrette of pink plastic;
None of them seem to notice.
Their shrill, gravelly gossip's funneled off.
Now silence after silence offers itself.
The wind stops my breath like a bandage.

Southward, over Kentish Town, an ashen smudge
Swaddles roof and tree.
It could be a snowfield or a cloudbank.
I suppose it's pointless to think of you at all.
Already your doll grip lets go.

The tumulus, even at noon, guards its black shadow:
You know me less constant,
Ghost of a leaf, ghost of a bird.
I circle the writhen trees. I am too happy.
These faithful dark-boughed cypresses

Brood, rooted in their heaped losses.
Your cry fades like the cry of a gnat.
I lose sight of you on your blind journey,
While the heath grass glitters and the spindling rivulets
Unspool and spend themselves. My mind runs with them

Pooling in heel-prints, fumbling pebble and stem.
The day empties its images
Like a cup or a room. The moon's crook whitens,
Thin as the skin seaming a scar.
Now, on the nursery wall,

The blue night plants, the little pale blue hill
In your sister's birthday picture start to glow.
The orange pompoms, the Egyptian papyrus
Light up. Each rabbit-eared
Blue shrub behind the glass

Exhales an indigo nimbus,
A sort of cellophane balloon.
The old dregs, the old difficulties take me to wife.
Gulls stiffen to their chill vigil in the drafty half-light;
I enter the lit house.

《国会山野》这首诗最能预示普拉斯后来关于她的孩子们的非凡诗作,例如《尼克与烛台》、《孩子》和《气球》。作为一首由丧子的母亲所作的挽歌,它散发着普拉斯谨慎地向成年人展示的一种柔情。另一方面,这首诗的言说者在某种程度上是高兴的,释怀的,因为她不必生下这个孩子了。诗中有两个核心表述,出现在诗的中段(第 5 节和第 6 节),共同创造了严格来说可与《巨像》中的拱心石相媲美的一块“拱心石”。首先,是充满遗憾,“你玩偶般的抓握已经松开”。其次,与之相反,是“我太高兴了”。言说者感到她的释怀是对孩子的一种背叛，伤心地断定自己既不同于“这些忠实的深色枝干的柏树／[它们]抱窝孵蛋，扎根于它们堆叠的损失”，也不同于即使在正午也不撤离其“黑色阴影”的古墓。

《国会山野》与《巨像》的相似之处，不仅在于它采用了五行诗节（由六节变为十节），而且也借用了《巨像》的节奏，采用了《巨像》以弱音节结尾的技巧。五十行的《国会山野》中，二十一行（差不多一半）以这种方式结尾。《巨像》里的中心词语——光秃、太阳、石头、风、古墓、阴影、松树、盲目、形象、白色、蓝色、古老——反过来提醒我们，普拉斯在这里重新整理了早期挽歌中许多令她痴迷的长项。普拉斯在《巨像》中没有使用尾韵，而《国会山野》起初似乎也是一首无韵诗；不过，普拉斯决定让每一节的最后一行和下一节的第一行押韵——一种不招摇的韵式，也许在第一次阅读时不会引起注意，但是，通过它连接了十个诗节，使得它们的序列感觉“有意义”而不任意，这是一种在《巨像》中不
137 必采用的技巧，因为六节诗《巨像》简短、重复、专一，依照句法与代词布序。

这两首诗在它们的解决手段上最为接近。我们还

记得，两个非常不同的时刻存在于《巨像》的结束诗节里：第一个是晚上休闲的审美时刻，数星星并记下它们的几种颜色；第二个是对未获救之未来平淡的确认时刻。《国会山野》的最后两节包含了两个完全具有可比性的时刻：审美时刻（其时，荧光的元素出现在育婴室里的一幅照片上，照片在黑暗中发着光，如同《巨像》里的星星一般，在这个时刻，失去的孩子是命定的，而活着的孩子睡着了）以及凄凉时刻——一切都与业已死去的孩子告别了，各种可能性被它搁置的概念所唤醒——言说者回到了对她人生的“旧残渣、旧困难”的平淡确认上。这里，为了便于参考，我重新引用普拉斯这首诗的最后两节：

现在，在婴儿室的墙上，

这蓝夜的植物，浅蓝的小山
在你姐姐的生日照片上开始发光。
橙色的绒球，埃及纸莎草
点亮。每根带着兔耳朵的
玻璃背后的蓝色灌木

散发靛蓝色的光轮，
一种玻璃纸气球。
旧的残渣，旧的困难娶我为妻。
海鸥在透风的暗光中僵硬于它们寒冷的守夜；
我走进这发光的房子。

尽管这两首诗的结尾相似（审美时刻后紧接着“平淡”
时刻），但我们还是注意到，在《国会山野》中普拉斯将
审美的场所从非人类的群星转至人类的亲情领域（给
她年长的、活着的孩子的“生日照片”）；并将“平淡”时
138 刻从（船舶靠岸的）孤独转至（“娶我为妻”的）婚姻。
这两种变化，以及用现实景观取代古旧的象征景观，都
使这首诗比《巨像》更易被人接受，也少了些神圣风格。
在这里，对现实主义的选择并不像在《杜鹃花小径上的
厄勒克特拉》的墓地里那样是戏剧性和幽闭恐惧症式
的，普拉斯尝试一种更开阔的焦点，将她的现实主义向
其他的客观存在敞开。正是在《巨像》中对遥远的原
型——天空与太阳——的“客观”运用，使得真实景观
中的这种新客观性成为可能。

虽然我希望首先在《巨像》和《国会山野》之间确立

相似性，但它们之间的不同令我更感兴趣，不同始于非作者的“客观”存在——海鸥与女学童——出现在第二首诗中。《国会山野》的冲突化解中第一个“额外的”（在《厄勒克特拉》和《巨像》中没有出现过的）角色，是海鸥，它在诗结尾处以凄凉的半谐音，“在透风的暗光中发僵”，拉长着感伤的守夜，被掏空的母亲纪念着失去的孩子。海鸥在这首诗中做什么呢？它们充当代理的旁观者，让我们注意到在《厄勒克特拉》和《巨像》中并没有这样的旁观者。宇宙的存在物——在此诗中是天空与月亮——就如在《巨像》中一样，作为观看者出现在《国会山野》里，但这些遥远的主持者现在有当地的观者加入——不仅有海鸥，还有一群女学童。海鸥在言说者与景观之间充当中间人，而在诗的结尾则担负起她希望延长为死去的孩子守夜的重任，并且，海鸥最初出现时，在普拉斯生动的意象复合群中也传达了言说者的内在冲突，诗歌棘手的创造以及流产之疾，他们“争辩道，/ 安定而萌动如被吹起的纸张 / 或一名病号的双手”。

比起海鸥，女学童是一个更少被意识到的“客观的”介入。她们所在的六行诗似乎是对这首诗的一种打断，而且，她们对言说者的抹除关系也被夸大了（她们“鳄鱼般”，或排成一列，根据普拉斯在字面上的描述，因为它张开口吞下言说者）。“粉色塑料发夹”的细
139 节，不被注意的掉落，可能被类比为胎儿“不被注意的”失去，但如果这样，这个意象太遥远，太无生气，以至于不能切中要害。学童们可以是言说者永远也无法得以认识的那个孩子的暗示；但是，这种类比在诗中并没有得到证实。尽管如此，仍能看出普拉斯不仅毅然引入了在自己和冷漠的宇宙之间生机勃勃的中间人，如海鸥，而且还以女学童的形式引入了人类中间人。她正致力于朝着生命世界与社会世界敞开她的诗性想象力，而且，虽然并不总是成功，却在将来以一种顽强的努力反复这样做。

《国会山野》中的言说者起初通过称呼消失的人为“你”，以一种传统挽歌的措辞来安慰自己。这种创造延续生命的虚构的古老方式一直被普拉斯维持到这首诗的倒数第二节。以下是写给失去的准婴儿的诗行：值得注意的是，这些诗行在不知不觉中越来越接近于它们出现的诗节的开头：

你的缺席并不引人注目；
没有人能说出我缺了什么。（第一节，第 4–5 行）

我假定思考你是毫无意义的。
你玩偶般的抓握已经松开。（第五节，第 4–5 行）

你知道我缺少持久性，
一片树叶的幽灵，一只鸟的幽灵。（第六节，第 2–3 行）

你的哭声消失如一只蚊子的哭声。
我看不到你在你盲目的旅途上。（第七节，第 2–3 行）

……你姐姐的生日照片。（第九节，第 1–2 行）

普拉斯提及这个失去的孩子时，将其逐渐“淡出”到诗节里越来越早的位置，直到最后一节，这个婴儿——在母亲的称呼中人为地“继续活着”——完全消失在自然中，那里，只有海鸥在守夜。在《厄勒克特拉》和《巨 140

像》中，对哀悼对象的这种放手是不被允许发生的，即便在结尾诗节里（“你死得像任何男人”；“太阳在你的舌头上下升起”），父亲仍然通过被称呼而继续活着。

但并不仅是通过这种结构方式才使得这个婴儿消失了。随着诗的推进，毁灭的主题越来越强有力。天空“呆板”；鳄鱼张开嘴“吞噬”言说者；发夹掉落而无人注意；“寂静伴随着寂静自身”；屋顶和树“被裹紧”在“一抹灰色浓烟里”；古墓被阴影笼罩；慢慢变小的孩子在消失中被称呼为“一片树叶的幽灵，一只鸟的幽灵”。当从未提及的字面意义上的流产象征性地产生了草地上的溪流，这个主题被赋予它最大的能量。正是在这里，当言说者感到她与孩子的接触逐渐变弱，普拉斯将诸多情绪编织到单个复杂意象里的能力（在《巨像》中有过例证）而今强有力地发挥了作用。她视线紧绷，但形象在消退；她感受到未发育好的孩子开启了一次它并没有准备好的“盲目”旅程的悲怆；石南草的闪光有着胜利的命运钢铁般的生命力；纺锤般的溪流预示着未存活的胎儿的虚弱，消散在血液与健忘中：

我看不到你在你盲目的旅途上，

当石南草闪光，纺锤般的溪流
解开缠绕并流尽自身。我的心追随它们

脚印形成水洼，摸索着卵石与草茎。

当母亲在想象中徒劳地试图陪伴这个失去的孩子，她
的心奋力追随每一条溪流；对她来说，溪流唤起了婴儿
无助之旅的方方面面，不知道如何生存，更不知道怎样
死去；试图逃离，它淤积在一行脚印形成的临时河道
里；遭遇障碍（这边是卵石，那边是草茎）而不知道怎样
应对，它“摸索着”它的路。这种痛苦地顺从命运的对 141
句——其中，被称呼的孩子依然“活着”，即便正消散在
小溪之中，同时，普拉斯（以她通常凭直觉而使用的声
音联系）融合了焦虑、悲伤、对命运的愤恨、温柔与恐
惧——后面，紧跟着一句平淡的墓志铭：“白天清空它
的影像 / 如一只杯子或一间房。”坟墓的空杯子我们已
经知道了；而在两行诗之后，当我们瞥见那被剥夺了预
期居民的婴儿室时，我们就会遇到那个空房间。

像《巨像》一样，《国会山野》也冒险了。在早期诗作中，普拉斯在挽歌传统的朴素形式中冒险插入粗俗、

喜剧和鲁莽的音调,用古旧的宏伟与美学的超然将它们结合在一起;在《国会山野》中,她冒险通过将作为动物的海鸥与作为人类的女学童囊括进来从而扩大她早先的幽闭恐惧症挽歌的二分体。这两首诗都超越了《杜鹃花小径上的厄勒克特拉》的文学派生性。两首诗都具有令人不安的力量的时刻,因为普拉斯想象力的核心将各种情绪混合为一种单个的、生动的言语复合体。在普拉斯成长为真正诗人时,她在《巨像》和《国会山野》中,已经准备好让更多样的经验和语言(粗俗、平凡、美感十足、如画、高贵、温柔,以及挫败感)进入诗歌依然严格而富有节奏的辖区。她不再躲在前辈的风格背后,而是对自己的一种浓缩风格日益自信,并在意象和音调上与那些即将写下的著名的痛苦诗篇保持可辨识的连续性。

可能会引发争议的是,我在此没有接触对普拉斯最严肃的批评,道德类批评由诸如欧文·豪和卡尔文·贝迪恩特等杰出而聪明的批评家提出。欧文·豪在论文《普拉斯的庆典:一份偏袒的异议》(The Plath Celebration: A Partial Dissent)的最后几段表达了反对意见。[16]

［这些诗］缺乏感觉的可塑性，亦即一个诗人从意识的可控的成熟中所能达成的声音调节。即便西尔维娅·普拉斯最好的诗作，如她的推崇者斯蒂芬·斯彭德承认的，“都几乎没有开头或结尾 142
的规则，似乎只是些碎片，与其说是一首长诗，不如说是沉陷于诗人的歇斯底里而无法停止的倾泻”。

也许最棘手的批评问题依旧存在。鉴于西尔维娅·普拉斯在一些诗作中阐明了一种极端的存在状态，一种处于不存在的最边缘的状态，那么，一个如此深刻地植根于其境况的极端性的作家，无论在道德的、哲学的还是社会的方面，她能为这种状态或人类的普遍状况提供什么样的启示呢？自杀是我们生命中的一种永恒的可能性，因而总是有趣的；但是，在一种如此深地被自杀观念所俘虏的情感与普遍的人类存在的诉求与可能性之间，到底有什么关联呢？当然，她的故事十分感人，她的才华值得关注，她最终的突破使人钦佩！不过，在勉力赞扬普拉斯的文章中，我没有发现有关她的远见本质（nature of her vision）的一种有条理的表述，更不用说其远见的价值了。也许，人们

> 认为，在进入她生命终点时找到她自己的那种内心状态，这本身便是值得给予很高评价的理由；但是，她的崇拜者们会对那些恰好回答这一假设的人们所说的，正是需要被质疑的。

这是一位更看重长篇小说而非抒情诗的批评家的异议。一部长篇小说有空间将主人公的感性与“普遍的人类存在的诉求和可能性”相联系；而一首诗，正如洛威尔所言，是一张“快照”，目标是生动，而非全面。从道德、哲学和社会方面“阐明”“普遍的人类状况”也许是长篇小说的目标，但是抒情诗只在某方面对“普遍的人类状况”感兴趣。抒情诗表现一个人在星期二早上的感受如何，且充分意识到星期三早上这个人的感受会完全不同。每一首抒情诗均打赌认定，只是在类比意义上，它的读者已在某个时刻体验过它所表达的感受。欧文·豪似乎表明，我们大多数人不能与普拉
143 斯共情，因为我们找不到她的经验与我们之间的联系：“在一种如此深地被自杀观念所俘虏的情感与**普遍的**人类存在的诉求与可能性之间，到底有什么关联呢？”（强调为我所加）但是抒情诗躲避“普遍的人类存在”；

它呈现霍普金斯所称的内在要素，即一个人或事物或经验的“此性”（thisness）：“这是得到锤炼的特征找到我；这是自我的／演练，意外的自我如此突如其来，如此盈满耳际”。（《亨利·普赛尔》）①如果普拉斯在精神与审美上成功地将自己克隆到书页上，她就算完成了艺术要求她完成的一切，尽管欧文·豪期望更多。

“在勉力赞扬普拉斯的文章中，”豪继续道，“我没有发现有关她的远见本质的一种有条理的表述，更不用说其远见的价值了。”作为回应，我必须尝试简要地说明我对普拉斯那令人不安的幻象本质的认识以及在其中可以发现的价值。一个作家的真实的“远见”（vision）寄存于他或她的风格寓意中。普拉斯的“远见”赞赏并促进语言和神话中能够遏制无序、无政府和暴力但不否认其存在的一切。所以，《拉撒路女士》中的脱衣舞，作为一种慎重而固执的展示仪式，风格化了那同时感受了自身生和死的身体的恐怖；而《爹爹》中吸血鬼的哥特式异想，则过于文学化而不能当“真”，它

① 这是英国诗人杰拉德·曼雷·霍普金斯（Gerard Manley Hopkins，1844-1889）写于1879年的一首十四行诗，赞扬他所推崇的英国作曲家亨利·普赛尔（Henry Purcell，1659-1695）。

的作用是遏制因遭父亲遗弃女儿精神所受的歇斯底里。像D. H. 劳伦斯一样,普拉斯厌憎布尔乔亚式掩饰的"美好":"仁慈女士,她多么好!/……糖能够治愈一切,仁慈如此说。"普拉斯展现了感情的真相,反对布尔乔亚的"糖",诗歌的"血的喷射",并补充道:"无法阻止。"(《仁慈》,第269页)一种诗歌表现的"血的喷射"风格作为它全部技艺的一部分,一定会既展现给予它的主动脉"喷射"之迸发所承含的压力,又展现其"喷射着"的险状。读者可以在《爱丽尔》中看到言说者定向飞进太阳,在那里,她既依附于马的形象,又被其所推动,这便是普拉斯的"远见"组成部分的风格体现。

当批评家要求一个作家的"远见",通常意指一种"救赎的远见"——某种回答了下面这个问题的东西:"鉴于我们所看到的毫无意义的厄运,肉身受苦和死
144 亡;鉴于所有我们了解的道德邪恶,虚伪和背叛,我们对生活还有什么可说的?"要求一个作家不仅要有"远见",而且是一种"积极的"远见,在我看来似乎并不公平;一个作家对于当代生存(无论多么黑暗)拥有一种令人信服的感觉并能够准确无误地再现它,这应该就足够了。普拉斯不是第一个认为对于"人类处境"的最

理性反应是自杀的人:“没有出生是最好的。”也许,普拉斯提供给读者的,是很少被谈及的索福克勒斯式的真相。① 正如卡尔文·贝迪恩特对她的诗意所作的精彩论述:“那是一种一个人被活埋而没有准备好去死的充满挑衅的诗意。”[17]

然而,在道德层面,贝迪恩特同意豪的观点:

> 她[对父亲的认可与父爱]的追求按定义是不成熟的。而且,除了引发她诗歌灿烂的盲视这种微瑕外,它的重要性何在呢?批评家们絮叨着她的远见,但正如欧文·豪所称,她什么也没有。她既没有看到来世也没有看到此世……她的敏感……在矛盾中自我消耗了。矛盾情绪折磨着她。

贝迪恩特继续评论普拉斯,说“那种向死的命运,只在死亡中得以‘完美’,处于理性之外且令人怀疑。普拉斯的悲剧远非像古典悲剧那样一种意志的悲剧,她的

---

① 索福克勒斯的作品如《俄狄浦斯王》《安提戈涅》等,表现了人在神和命运的强大威力面前,仍然保有自由意志与反抗精神,这样一种人生的残酷悲剧感的体现,或为索福克勒斯式的真相(Sophoclean truth)。

悲剧是一种脆弱的悲剧，一种对受伤感的致命脆弱的悲剧”。(第 14 页)当然，如果一个人认为自杀是“一种脆弱的悲剧”，那么，很多著名作家都是脆弱的，从查特顿到策兰均是。但是，一种生活选择(即便声称自杀实际上是一种“选择”而不是一种冲动)与一首诗则不是同一回事。一首诗总是一种生活的表露，即使它的主题是死亡。

贝迪恩特引用了普拉斯最后的著名诗作《边缘》来支持他的评论。让我们看看这首晚期的挽歌吧，它如此充分地体现了普拉斯作为一名诗人的成年，并告诉我们，其“远见”如贝迪恩特想让我们思考的，是否“处于理性之外且令人怀疑”：

145 **边　缘**

这个女人完美了。
她死去的

身体穿着成就的微笑，
一种希腊的必然性的幻象

飘动在她的托加长袍的涡卷里，
她赤裸的

双脚似乎在说着：
我们已经走得很远，该结束了。

每个死去孩子都蜷曲着，一条白色大蛇，
一个孩子在各自小小的

牛奶罐，如今空了。
她已经把他们

收拢进她的身体如一朵玫瑰的
花瓣关闭，当花园

僵硬而气味流溢
从那夜花甜蜜的、深深的喉咙。

月亮没有什么值得悲伤的，
自她骨头的头巾里往外凝视。

她已习惯了这种事情。

她许多的黑蝉啪作响并拖曳着。

（《诗集》，第 272 页）

Edge

The woman is perfected.
Her dead

Body wears the smile of accomplishment,
The illusion of a Greek necessity

Flows in the scrolls of her toga,
Her bare

Feet seem to be saying:
We have come so far, it is over.

Each dead child coiled, a white serpent,
One at each little

Pitcher of milk, now empty.
She has folded

Them back into her body as petals
Of a rose close when the garden

Stiffens and odors bleed
From the sweet, deep throats of the night flower.

The moon has nothing to be sad about,
Staring from her hood of bone.

She is used to this sort of thing.
Her blacks crackle and drag.

《边缘》(首先它的标题是精辟的)由一个匿名观察
者讲述,描绘了一个女人和她两个死去孩子的尸体。
他们最初从外部被观察,但接着揭示出一种对这个女
人的动机和只有她自己才具备的对过去的了解。所
以,我们将这个讲述着的旁观者视为这个女人自己,想
象她如何描绘这个她能够在自杀和杀婴之后还能观看
的场景。整首诗中,这种描绘是一种内在的对照:躺在 146
死去女人后面的是活着的女人。如果她现在是"完美
的",那么在生活中她就是"不完美的";如果她死去的
身体现在穿着"成就的微笑",在生活中则戴着无能的

悲剧的面具；如果她的托加长袍现在给人一种被完美安排好的幻象（“必然的”），在生活中它就是被任性而莫名安排的；如果她赤裸的双脚从它们“已走得很远”、如今已结束的旅程中解脱出来，在生活中它们则酸痛而疲乏，充满焦虑；如果孩子们类似克莉奥帕特拉抚慰人心的毒蛇，那么他们已经协助了那场摆脱未来当场受辱蒙羞的唯一可能的逃离（如同莎士比亚的女王所理解的）；如果曾经胀满的双乳现在已空无奶汁，就像哺乳期（代表对一位母亲每小时的身体需求）唯有在死亡时终止。简言之，这首诗与其说是一个在死亡之中“完美”的人生故事，不如说是一个不完美的、挫败的、费解的、令人厌烦且已然备感屈辱的人生故事（孩子们的父亲是缺席的），这个人生在抚养孩子的要求中度过，并面临进一步可能的屈辱（在生活中，普拉斯再次因“精神失常”而面临住院）。普拉斯并没有采用抱怨的调式（贝迪恩特为此责怪她——“一种对受伤感的致命脆弱”），而是在诗里采取了与自怜相反的坚忍语调。《边缘》是这样一首诗：普拉斯在诗中充分意识到她“受的伤”，但拒绝像她曾在《爹爹》和《拉撒路女士》中所做的那样抱怨它。她以一种思想实验的方式，把“受伤"想象为结束的样子,使它以不同面目呈现出来。

在开始重拾过去时,《边缘》改变了语调。夜晚,白天令人愉悦的玫瑰合上了花瓣,当花园"僵硬"如同处在尸僵状态中。夜花只有让它们从其性感的"甜蜜的、深深的喉咙"中流血,才能绽放其芬芳。[18]这位母亲让自己的行为与自然同步,将孩子们收拢到她的身体里,如同玫瑰的花瓣关闭。这种对孩子之死的委婉表达,以密集的元音呈现(收拢〔folded〕,玫瑰〔rose〕,关闭〔close〕;流血〔bleed〕,甜蜜〔sweet〕,深深〔deep〕),标志着母亲幸存的护子柔情,因为她拯救了每个孩子,使他们不至如她自己那样成为一朵"流血的"夜花。叙说这首诗的故者之声,即便在死后,也依然保留了这份柔情。

我们不打算从《边缘》推断任何谋杀孩子的企图; 147
相反,我们更倾向于通过在阐释这首诗前半部分时所用的那种逆生法(back-formation),凭直觉意会过去那温馨、富有生机的花园,有着柔软花瓣的玫瑰孩子。而且,我们会感受到花园遭毁弃的悲伤,因为它的色彩与芬芳都流失了。让这首诗于痛苦中结束之前,普拉斯也"变得僵硬",承认自然宇宙(以骨骸月亮为代表)对人类痛苦的漠视。我们注定要被"自她骨头的头巾里往外凝视”的月亮厌弃。她的冷酷与僵硬的实用主义——“她已习惯了这种事情”，恰恰告诉我们，死去女人的情感并非如此。普拉斯的结尾——“她许多的黑噼啪作响并拖曳着”，或可归功于波德莱尔的《静思》：两者最终对于黑暗的默许完全一致，不过普拉斯最后的语调是严厉的，而波德莱尔则是温和的：

乖些，我的痛苦，你要更加安稳。
你曾巴望黄昏；瞧吧，它已来到：
一种灰暗的气氛笼罩住全城，
有人得到宁静，有人添上烦恼。

当那一大群卑贱的芸芸众生，
被欢乐、这无情的刽子手鞭打，
前往奴隶的欢会中搜集悔恨，
我的痛苦，伸出手来；跟我来吧，

离开他们，瞧那些过去的年代，
穿着古装，凭靠着天空的阳台；
从水底映出微笑的留恋之心；

在桥洞下面睡着垂死的太阳，
亲爱的，你听良宵缓步的足音，
像一幅长长的殓布拖向东方。①

Sois sage, O ma Douleur, et tiens-toi plus tranquille.
Tu réclamais le Soir; il descend; le voici;
Une atmosphère obscure enveloppe la ville,
Aux uns portant la paix, aux autres le souci.
  Pendant que des mortels la multitude vile,
Sous le fouet du Plaisir, ce bourreau sans merci,
Va cueillir des remords dans la fête servile,
Ma Douleur, donne-moi la main; viens par ici,
  Loin d'eux. Vois se pencher les défuntes Années
Sur les balcons du ciel, en robes surannées,
Surgir du fond des eaux le Regret souriant;
  Le Soleil moribond s'endormir sous un arche;
Et, comme un long linceul traînant à l'Orient,
Entends, ma chère, entends, la douce Nuit qui
  marche. [19]

如果一个人不能接受波德莱尔关于生命的“远见”，这

① 此诗采用钱春绮先生译文。

种看法——在逝去的岁月里疲惫的灵魂充满悲伤，痛悼这垂死的太阳，只提供在黑夜里的裹尸布里的最终休息，那么，他／她也就不能接受《边缘》。了解了“长
148 久的”月亮的凝视的冷酷无情，可怕地宣告着“人终要一死；那一生又有何意义”，普拉斯对抗恶毒的月亮，为玫瑰花园和它的花瓣-孩子令人难忘的绽放而变化，尽管她也必须承认，随着这座花园僵硬、流血，夜花的甜美必将诱人地流溢。在完美的“希腊的必然性”和它“成就的微笑”的虚构外表下，普拉斯的诗揭开了生命的悲哀、伤害和屈辱的一种底像（underimage）。拒绝一种未来生活的幻景，言说者让她白色的托加长袍和白蛇孩子，接受被僵硬的噼啪声和一件沉重拖曳着的永恒的黑色尸布裹住的命运。

《边缘》是从一种舒张和收缩的模式开始的：第一行诗扩展，然后明显地、有力地收缩，紧随着七个音节的是两个音节。这种收缩模式是重复的（在第3、5、6节），但是在其他诗节中，诗行的长度接近（第2节、第7-10节）。前部分修剪过的诗节，用它们镰刀似的诗节尾部将一句话一切为二，到第7、8节，则被更宽阔的回忆的诗行，以及象征着过去和现在的花园的更温和

的跨行所替代；而最后，整个过程被行末有停顿的，关于死一般的月亮疏远、冰冷的诗节而终结。这样一首诗的"远见"是什么呢？它是一种主要由受苦构成的生活，但是其中包含一种母性的、感官的和审美的高级喜悦；一种解脱的远见，通过想象的反转与投射的力量，祭以致命的"流血"。一种抗辩，反对那种视人类生活为微不足道的望远镜似的看法，而为那种可以深深窥入夜花喉咙的诗人的趋近聚焦的观点辩护。这是一种应该被拒斥的远见吗？或者说，我们会因为仅用一百个左右的词语就如此精细如此悲伤地表达出这一远见而感到高兴吗？

我研究的四首挽歌，提供了一个派生和模仿的普拉斯（《杜鹃花小径上的厄勒克特拉》）的概貌，一个在象征和技艺秩序上走向成熟的普拉斯（《巨像》），一个奋力将挽歌打开，朝向更宽阔的生物和人类世界的成年普拉斯（《国会山野》），一个在自我挽歌《边缘》中恢复了《巨像》中希腊式双人结构（the Greek dyadic
scheme）的后期普拉斯。但是这种挽歌的双人结构已 149
经从父辈转变为更年轻的一辈：不再由女儿和父亲组成，而是母亲和孩子们。预示性的"边缘"即为那把自我毁灭的锋利之刃。

《边缘》想象的戏剧性场面（其美学完美性体现之一）在第二行特意否认如此凄冷的坟墓塑像可与生活相容。通过将活着的孩子和她自己化身为鲜花，普拉斯直接在这首诗的中心将花园中的肉体令人心碎的感官之美，置于与死者固定而阴沉的完美相对立的永恒矛盾之中。这当然是诚挚、无可辩驳且富于人性真实的一种远见。

注释

［1］ Linda Wagner-Martin 在 *Sylvia Plath: A Literary Life* (New York: St. Martin's Press, 1999) 中，反对特德·休斯给那些诗所贴的"少作"标签，评论道："这是这项研究的论点……西尔维娅·普拉斯从 1950 年开始，在整个大学期间都是一位严肃的作家……非常清楚的是，早于 1956 年前，她的诗歌就应该被认为是'成熟'的。"在我看来，她大学时代创作的诗歌，其外在技术是熟练的，心理上也是诚实的，但尚未达到诗性的"成熟"——亦即，它们还算不上一种"技艺"内在于主题的诗歌。因此我保留特德·休斯的标签——"少作"。

［2］ Sylvia Plath, *Collected Poems*, ed. Ted Hughes (New York: Harper Perennial, 1981), 15. 更多的引用和日期皆出自

这个版本(以下简称《诗集》〔*CP*〕),并被插入本文的括号中。我遵循《诗集》索引的惯例,只给出被引诗作的起始页码。

[3] 这一信息获自 Wagner-Martin, *Sylvia Plath*, 第 4 页。作者引用了一封西尔维娅的母亲,奥莱丽娅·普拉斯的“1968 年的未发表信件”,描述了“四年可怕的病痛与反应,我避免让孩子们目睹”,把饭送到他们位于楼上的游戏室,而他们的父亲则留在他一楼的“卧室兼书房”里。(第 11 页)可以想见,西尔维娅·普拉斯在四岁至八岁间,不可能完全不受她父亲的“反应”的影响,尽管她母亲做了诸多努力。

[4] Paul Alexander 在 *Rough Magic: A Biography of Sylvia Plath* (New York: Viking, 1991)第 135 页,转引 Philip McCurdy (在一篇访谈里)引用的普拉斯对他陈述的一段话:“她十岁时切破过她的喉咙,她说,并向他展示了一道伤痕,无论她是不是虚构了这个故事,他都可以清楚地看到那道伤痕。”也参见《拉撒路女士》:“每十年/我完成一次……//多么浪费/消灭每个十年”。(CP,244,245)

[5] 尽管普拉斯没有在她的第一本诗集里出版这首诗,但她足够认可此诗,并于 1963 年 1 月在 BBC 电台大声朗读过它。

[6]《杜鹃花小径上的厄勒克特拉》共六十六行,五节,在两种五音步格诗节之间交替:第 1、3、5 节十行,第 2、4 节八行。尽管这首诗被描述为具有一种固定的韵式:一个是十行

一节的韵式(abccdbeeda),一个是八行诗节的韵式(abbcddca),但严格来讲,并非如此,因为它的第三节允许一种不规则。其中有两行诗,根据十行诗节的韵式,即第5行与第9行,“本应”押d韵的,却没有押韵。这两行的句末词“you”(第5行)和“dye”(第9行)没有押任何一种韵。当我们自问形成这种不规则的原因时,我们发现普拉斯在写作这首诗时已经设置过的另一种强制:每一节都必须以某种形式包含“die”这个词。在第三节(破格诗节)中,它出现为“dye”(而在第4节则是“trage-dy”这个词的最末音节)。这个原则的观察并不能解释为什么普拉斯不在“you”的位置找到与“die”押韵的词,除非通过破格的出现,也许是她想要警示她的读者根词“die”贯穿始终的“必要”存在。

[7] *The Variorum Edition of the Poems of W. B. Yeats*, ed. Peter Allt and Russell K. Alspach (London: Macmillan, 1940; reprinted 1989), 622.

[8] 正如John Frederick Nims所评论:“在《巨像》(集子)中,我们发现的押韵诗已经处于其进化史的高级阶段。我们可以假设,数百首早期诗作已经耗尽了诗人对于全韵的口味……出于偏好,她押无关紧要的……韵。相同的元音发声却接着一个不同的辅音……不同的元音发声但末尾的辅音相同。”“The Poetry of Sylvia Plath: A Technical Analysis,” in *Ariel*

Ascending: *Writings about Sylvia Plath*, ed. Paul Alexander (New York: Harper & Row, 1985), 46-60; 51.

[9] Ted Hughes, "Sylvia Plath and Her Journals", in *Ariel Ascending*, ed. Alexander, 152-164; 155, 157.

[10] 普拉斯曾经使用过下降的节奏：时间相近的诗，如《卵石滩边的自杀》尽是这种节奏，那首诗仍然受制于洛威尔的影响，《巨像》则完全没有。

[11] 这些词语中的一些可以被标记为扬扬格（如 mule-bray, skull-plates），但是在这类复合名词中，第一个成分的重音比第二个成分的重音更重，因此，我从那些呈现出抑扬格和长短格的形式中将这些词找了出来。它们是：properly, mule-bray, pig-grunt, bawdy, mouthpiece, thirty, scaling, little, ladders, gluepots, weedy, acres, skull-plates, tumuli, arches, father, pithy, historical, Roman, fluted, acanthine, anarchy, horizon, lightning, counting, pillar, married。通过普拉斯对厄勒克特拉、父亲和俄瑞斯忒亚的下降节奏的坚持，人们会联想起施特劳斯在他谱曲的《厄勒克特拉》中以阿伽门农之名作为一个动机，有力地运用的相同节奏。①

---

① 德国作曲家理查德·施特劳斯（Richard Strauss, 1864-1949）为霍夫曼斯塔尔（Hugo von Hoffmannstal, 1874-1929）编剧的独幕剧《厄勒克特拉》谱曲，1909 年首演。

[12] 那个懂得

无论讲述、叹息、歌唱，

或哀号、喵叫、狗吠、驴嚷、鹿鸣、呼号、狂喊、鸡啼者

于是回答说……

《所罗门和女巫》(*Variorum Yeats*, 387)

[13] 在一篇基于温尼科特①的儿童心理学读物中，David Holbrook 在 *Sylvia Plath: Poetry and Existence* (London: The Athlone Press, 1988)中，大胆推断认为巨像发出的声音可能是儿童第一次听到的成人语言。"她所有的一切是她父亲在她还是一个婴儿时发出的奇怪声音，而她把这些声音与困惑相连，就像后来关于父亲如何对待她时她所做的那样。"(第157页)但是，普拉斯在这里并没有表现出是个孩子，这些声音令人费解的根源在于，巨像的行为就如"一个神谕者，/ 死者的喉舌，或某个神或别的喉舌"。众所周知，神谕令人费解：看看普拉斯的意图(在《日记》中提到)，是采用德·基里科②的一段话，作为她的诗"关于神谕的衰落"的警句："在一座废墟的寺庙里，一尊破碎的神像说着一种神秘的语言。"(*The Journals of Sylvia Plath* [New York: Dial Press, 1982], 211)

① 指唐纳德·温尼科特(Donald Winnicott, 1896-1971)，英国儿童心理学家。

② 德·基里科(De Chirico, 1888-1978)，希腊裔意大利画家。

[14] 也许有人会问为什么——因为普拉斯写作这首诗时还只有二十多岁——她声言已为修复任务劳动了三十年。回答是，"二十年"并不能与"喉咙(throat)"一词押头韵：诗行就会失去使它们似乎是"必然"而非意外的"绑定的秘密"(谢默斯·希尼)。

[15]《国会山野》，也许因为它是一首"不起眼"的诗，没有得到很多评论。我对《国会山野》的好评并不被所有人认可：例如，Marjorie Perloff 有一次断定这首诗"经常用设计代替情感上的连贯"，并补充说"诗行——或就此而言，整个诗节——都可以颠倒过来，而不会明显地改变这首诗"。她发现这首诗的语调"太自我放纵"。"On the Road to Ariel: The 'Transitional' Poetry of Sylvia Plath," in *Sylvia Plath: The Woman and the Work*, ed. Edward Butscher (New York: Dodd, Mead, 1977), 125-142; 129, 132-133. 大多数的专著都以更戏剧性的诗作为讨论中心，我则想要让这些不起眼的诗作更为人所知。

[16] *Sylvia Plath: The Woman and the Work*, ed. Butscher, 225-235; 235.

[17] "Sylvia Plath, Romantic," in *Sylvia Plath: New Views on the Poetry*, ed. Gary Lane (Baltimore: Johns Hopkins University Press, 1979), 3-18; 18.

[18] 普拉斯将"夜花"概括为一朵，像她自己；但是通过

将“喉咙”视为复数的，她倍增并人性化了花园里的花儿，发现无论生活还是艺术受难都是必然的条件。

［19］参见“*Les Fleurs du Mal*”：*The Complete Text of* “*The Flowers of Evil*” / *Charles Baudelaire*；*in a new translation by Richard Howard*（Boston：David R. Godine，1982），第 173 页，Richard Howard 授权。

Meditation

Behave, my Sorrow! let's have no more scenes.
Evening's what you wanted — evening's here:
a gradual darkness overtakes the town,
bringing peace to some, to others pain.

Now, while humanity racks up remorse
in low distractions under Pleasure's lash,
grovelling for a ruthless master — come
away, my Sorrow, leave them! Give me your hand ...

See how the dear departed dowdy years
crowd the balconies of heaven, leaning down,
while smiling out of the sea appears Regret;

the Sun will die in its sleep beneath a bridge,
and trailing westward like a winding-sheet —
listen, my dear — how softly Night arrives.

附录：普拉斯讨论父亲之死的早期诗作

为了呈现在《杜鹃花小径上的厄勒克特拉》和《巨像》之 150
前普拉斯所做的工作，我将“少作”和《诗集》中全部或部分讨论父亲之死的早期诗作，列出标题和起始页码：

《十四行诗：致伊娃》（*Sonnet: To Eva*，第 304 页）：此诗中的女性主人公是一个破碎的巨人，但重组碎片的任务与《巨像》中主人公的任务是相似的：“没有人或半神能够将这生锈的／白日梦残片拼到一起……”

《挽歌：一首维拉内拉体诗》[①]（*Lament: A Villanelle*，第315页）："蜂蜇带走我的父亲 / 他蔑视这坏天气的嘀嗒声。"普拉斯在她的日记中评论了这首（模仿狄兰·托马斯的）诗作："我的维拉内拉体诗是给我父亲的；也是最好的一首。"见 *The Journals of Sylvia Plath*（New York：Dial Press，1982），第128页。

《死者》（*The Dead*，第320页）："他们永远懒洋洋安卧于巨大的睡眠。"（这首诗归功于华兹华斯的《沉睡曾密封我的灵魂》）

《革命爱情之歌》（*Song for a Revolutionary Love*，第322页）："抛弃破败的雅典卫城 / 然后丢开这七大奇迹 / 以及神圣舞台上的支柱与道具。"

《危急关头》（*Touch-and-Go*，第335页）："注视这同一支赋格曲，一动不动 / 这些顽石般的眼睛，稳嵌在岩石

---

① 维拉内拉体诗（Villanelle），或译乡村牧歌，一种法国诗体，主要源自田园牧歌，追求淳朴、自然的效果，但形式复杂，装饰性强，一般有十九行。

当中。”

《废墟中的交谈》(*Conversation Among the Ruins*,第 21 页)：虽然这首诗似乎是关于一场不成功的风流韵事，但是其风景是《巨像》里有的：“破碎的柱子框定岩石的风景；……我坐着 / 沉着于希腊长袍和心灵之结，/ ……这出戏变得悲惨。”

《致一位纯粹主义者的信》(*Letter to a Purist*,第 36 页)： 151
一首反对恋人的情诗，“那宏伟的巨像 / 跨坐着 / 大海嫉妒的攻击。”

《蜘蛛》(*Spider*,第 48 页)：这是《巨像》中诗人自我形象“服丧的蚂蚁”的来源。蜘蛛捕捉蚂蚁，而另一方则依然如故：

> 蚂蚁——一列列来，一列列去——
> 坚持设定好的进程
> 任何顾虑也不能打断它，
> 遵照本能的命令，直到

被扫出舞台，声名狼藉地
被一个敏捷的黑色机械神
紧裹住。对此它们似乎依然如故。

The ants — a file of comers, a file of goers —
Persevered on a set course
No scruple could disrupt,
Obeying orders of instinct till swept
Off-stage and infamously wrapped
Up by a spry black deus
Ex machina. Nor did they seem deterred by this.

这一节与普拉斯反复的自杀尝试有关，这些尝试是在她没有意志的情形下本能地发生的：即使在“敏捷的黑色机械神”将（她）“扫出舞台”并“紧裹住”（她）之后，她还是对之前的经验，坚持“遵照本能的命令”，“依然如故”。

《维坦斯的两处风景》（*Two Views of Withens*，第71页）：诗中对不够幸运的言说者和一名幸运些的通信者（身份不明）进行了比较，前者发现“光秃的荒野，/ 苍白的季节,/ 爱神之屋 / 房梁低矮,不是宫殿”,而后者据推测从希腊寄来一封信:“你,更幸运,/ 报告了洁白的石柱,一片蓝空,/ 幽灵们,温和友好。”

《通灵板》(*Ouija*,第 77 页):虽然这首诗似乎涉及普拉斯和休斯的关系,因为她和他一起启用了通灵板,仲裁的鬼魂是一位神,他“从他的黑色深渊升上玻璃板”。正如休斯所述,“她父亲的名字是奥托,而‘鬼魂’会依照操作指南,从一位奥托王子开始依次抵达,这位奥托王子据说乃阴间的一种巨大力量。”特德·休斯“Sylvia
Plath and Her Journals,”参见 Paul Alexander, ed., *Ariel* 152
Ascending: Writings about Sylvia Plath (New York: Harper & Row, 1985),第 155 页。

《有关神谕的衰落》(*On the Decline of Oracles*,第 78 页):“我父亲已死……但,我保留着他 / 设定在我耳中的声音,以及我的眼里 / 那些蓝色的,看不见的波浪。”

《珀尔修斯:智慧战胜痛苦》(*Perseus: The Triumph of Wit Over Suffering*,第 82 页):这首诗是对珀尔修斯——

“智慧”与喜剧的化身说话的。争辩道“猛犸象，悲伤的笨重雕像”只能被“吞下快乐后仍有余裕的／一只更大的肚子”所消化，对于智慧，这位手持天平的珀尔修斯的“宇宙的／大笑”，称量“天国的平衡／用我们的理智称量我们的疯狂”。“疯狂”是言说者不能消化岩石的结果：

　　　　　　　　　　而表达悲伤的
整个圆球则像国王一样，把神变作了岩石。
那些岩石，裂开、残损，然后它们自身变得
笨重，延展着绝望，在大地
黑色的脸上。

　　　　　　　　　　the whole globe
Expressive of grief turns gods, like kings, to rocks.
Those rocks, cleft and worn, themselves then grow
Ponderous and extend despair on earth's
Dark face.

在喜剧和智慧面前，悲剧消散了，而普拉斯道出了它的墓志铭：

去哪儿了？
顽固的安提戈涅的典雅肢体？
费德尔鲜红的皇袍？玛尔菲高尚的
公爵夫人眼中盈满泪水的悲伤？
消失了。

Where are
The classic limbs of stubborn Antigone?
The red, royal robes of Phèdre? the tear-dazzled
Sorrows of Malfi's gentle duchess?
Gone.

《雕塑家》(*Sculptor*,第91页)：尽管表面上题献给莱纳德·巴斯金[①],这首诗表现了死者乞求雕塑家给它们塑像,直到"他的凿子馈赠／给它们比我们更富活力的生命,／一场比死亡更可靠的安宁。"如同雕刻塑像,普拉斯试图纪念她父亲的努力显而易见。

---

① 莱纳德·巴斯金(Leonard Baskin,1922–2000),美国著名雕塑家和版画家。

153 《五英寻深处》(*Full Fathom Five*,第 92 页):奥托·普拉斯,作为大海的老人,被拿来与一座冰山和一尊雕像作比:"你纹理密布的面孔上 / 古老的沟壕在细流中褪尽时间。""我最好也最令人好奇的一首感人的诗,是关于我的父亲–大海,神–缪斯的。"普拉斯说过,她当时打算用这首诗题作为后来《巨像》的诗集名(根据特德·休斯在《诗集》第 13 页的导言所记述)。

《月出》(*Moonrise*,第 98 页):虽然这是对月亮与生育女神露西娜(Lucina)的一次冥想,但其中包括一段关于作为死亡的颜色的白色,如何将水自身变成了岩石:

白色:一种内心的肤色。

我厌倦,想象着白色的尼亚加拉激流
是从一块岩石之根上建起。

White: it is a complexion of the mind.

I tire, imagining white Niagaras

Build up from a rock root.

接着露西娜,“瘦骨嶙峋的母亲”,“拖曳着我们古老的父亲的脚踵,/ 胡须发白,疲惫不堪”。

《儿童公园石块》(*Child's Park Stones*,第 100 页):“在这首诗押韵的(ababa)摩尔斯码式音节(7-8-9-8-7)中,某位创始之父”垒建的石头变成了死者的形象——

任何人的铁撬也不能够
将它们连根拔起:它们的胡子是
常青的。它们也不会,每一百年
就下到河边去饮水:一座石床
不会被饥渴所打扰。

No man's crowbar could
Uproot them: their beards are ever-
Green. Nor do they, once in a hundred
Years, go down to drink the river:
No thirst disturbs a stone's bed.

《诗，土豆》(*Poems, Potatoes*，第 106 页)：将诗比作无道德的石头："石头，没有良心，词语和诗行持续。"

《冬天的船》(*A Winter Ship*，第 112 页)：尽管此诗始于
一个码头，那里螃蟹等着被卸货，但诗的结尾则想象大
海"在更远处"，那里"波浪将吞吐着冰块"，然后最终：
154 "我们想看到太阳升起 / 却遇见了这艘结着冰凌的船"
以及"霜冻的信天翁"，显示了这首诗的标题，令人联想
起柯尔律治的死亡之船。

《卵石滩边的自杀》(*Suicide off Egg Rock*，第 115 页)：诗中想象了一个自杀的男性角色。他(与巨像不同)遭受了自然的腐烂，"他的身体与大海的垃圾一起搁浅"。

所有这些诗作都是精心创作出来的。

结　语

如果说，弥尔顿的《快乐的人》向我们展示了一位 155
年轻诗人已经仔细考虑过如何处理行动与深思，异教徒与基督教徒（后者被省略），更卑微和更高级的感觉，社会秩序的伦理规范，美学价值的层次，世间富有魅力之事物的枚举，时间和空间中快乐的延展，以及对精致而无可挑剔的抑扬格四音步对句的掌握；如果说，济慈的《初读查普曼译荷马》向我们展示了，一位年轻诗人已经学会如何使彼特拉克十四行体诗兼具个人的本真性与广泛的可分享性，在其意象的逻辑惊奇上让人信服，在其违反句法的押韵元素的演练上独出心裁，并且在智识上敢于挑战史诗领域，而一年后，为了满足一种莎士比亚式的悲剧观，他又愿意抛弃他所尝试过的一切；如果说，艾略特的《J. 阿尔弗雷德 · 普鲁弗洛克的情歌》向我们展示了，一位年轻诗人不仅已成功地在一段长独白中，融合了体现痛苦与讥刺反讽的多重话语，而且还成功地将它们铸造成一段充满魅力的、节奏优美的乐章，在其叙述之内含纳了两首抒情诗；如果说，普拉斯的《巨像》向我们展示了，一位年轻诗人已经做出从独白向抽象、从自怜到客观象征的飞跃，展示了她将通过《国会山野》和《边缘》持续和改善的一个进程，那么，我们便可以领会到任何一位年轻诗人为了写下一首将留存于世的诗所必须掌握的一切。这四位作家在写下这四首惊人的原创诗歌时，都只有二十几岁。他们是边学习边实验的典范；他们对其媒介的潜力及其文类的传统都有专注的理解；他们对其个人气质的本真表现有一种内驱力；而且，他们对可以实现和可以完善这种表现的风格规范有一种热爱。当我们看到新作者成长为诗人时，我们会在他们身上找到可相互比较的学习、实验、文体发明，以及对想象力的掌握。

资料来源

《杜鹃花小径上的厄勒克特拉》《国会山野》《边缘》重版出自 *The Collected Poems of Sylvia Plath*, ed. Ted Hughes. Copyright © 1960, 1965, 1971, 1981 by the Estate of Sylvia Plath. Editorial material copyright © 1981 by Ted Hughes。重版得到 Harper Collins Publishers Inc. and by permission of Faber and Faber Ltd 的许可。《巨像》重版出自 *The Colossus and Other Poems* by Sylvia Plath, copyright © 1962 by Sylvia Plath。使用经过 Alfred A. Knopf, a division of Random House, Inc. 和 Faber and Faber Ltd. 的许可。

《J. 阿尔弗雷德 · 普鲁弗洛克的情歌》出自 *Collected Poems 1909-1962* by T. S. Eliot,摘录出自 *March Hare* by T. S. Eliot, copyright © by the T. S Eliot Estate，重印得到 Faber and Faber Ltd. 的许可。

约翰·弥尔顿的肖像（无名艺术家，约 1629），复制于英国国家肖像馆。

约翰·济慈的肖像，查尔斯·阿米蒂奇·布朗（Charles Armitage Brown）作（铅笔画，1819）复制于英国国家肖像馆。

T. S. 艾略特的照片得到哈佛大学 Houghton Library 的允许复制。

西尔维娅·普拉斯的照片得到印第安纳大学的 Lilly Library 和 Sylvia Plath Estate 2003 的允许复制。

索　引

《一所公园的入口》,95;*First Caprice in North Cambridge*《在北剑桥的第一首随想曲》,90-91;*Four Quartets*《四个四重奏》,84,98,100,113;*Fourth Caprice in Montparnasse*《在蒙帕尔纳斯的第四首随想曲》,91;*Gerontion*《小老头》,97;*Goldfish*《金鱼》,89,91; *In the Department Store*《在百货公司》,97;*Introspection*《内省》,98-99,107; *Inventions of the March Hare*《发明三月兔》,83,86-102,107-110,113;*The Little Passion/From 'An Agony in the Garret,'*《小受难曲:取自"阁楼里的痛苦"》,97;*The Love Song of J. Alfred Prufrock*《J. 阿尔弗雷德·普鲁弗洛克的情歌》,3,8,83-87,89-90,92,94,97-99,101-103,155,第三章注13;*Love Song of St. Sebastian*《圣塞巴斯蒂安的情歌》,100-101;*Old Possum's Book of Practical Cats*《老负鼠的猫经》,93;*Opera*《歌剧》,91;*Poets' Borrowings*《诗人的借贷》,83;*Portrait of a Lady*《一位女士的肖像》,86-87,89,93;*Preludes*《序曲》,99;*Prufrock's Pervigilium*《普鲁弗洛克的失眠症》,86,93-94,97-98,107-110,113;*Second Caprice in North Cambridge*《在北剑桥的第二首随想曲》,91;*Suite Clownesque*《小丑组诗》,89-90,92,94;*Sweeney Agonistes*《斗士斯威尼》,93;*The Waste Land*《荒原》,8,113

Eliot, Vivienne(Haigh-Wood) 薇薇恩·艾略特(海伍德),96

Emerson, Ralph Waldo 拉尔夫·沃尔多·爱默生,3

译后记

这本小书是作者海伦·文德勒根据她二〇〇〇年在英国阿伯丁大学的“詹姆斯·默里·布朗讲座”上的演讲稿整理、增订而成。本书的话题——讨论年轻诗人如何成熟，可以说，对于诗歌写作者（尤其是刚开始写诗的年轻人）、诗歌研究者和普通的诗歌读者，都散发着迷人的气息。设想一位年轻的诗歌作者在恶补文学经典的同时，或许会去搜寻“诗歌入门”“给青年诗人的信”之类的教导型的读物来翻阅，而摆在面前的这本《诗人的成年》则提供了青年诗人如何艰难跋涉、迈向成熟的样本。本书的样本诗人分别是约翰·弥尔顿、约翰·济慈、T. S. 艾略特和西尔维娅·普拉斯，作为写作者的青年读者不妨拿自己和这些样本对照一番。或许，充满期待的且富有成效的阅读本身就是一次投射、印证或代入。

文德勒用长大成人来比喻诗人的艺术成熟，而这种成熟，简言之，意味着找到一种明晰而连贯的个人风格。风格既然是个人的，即区别于其他诗人的，因而不可能轻易获得。学习、模仿、实验、失败、继续实验，直到偶然（实则必然）有一回找到了这种独属于他／她自己的声音气质、语感，独属于他／她（但又带有普遍性的）的对世界的观察与思考，并建立起一个他／她的“宇宙学”，体现出独属于他／她（当然也是所有作者艺术家共有的）在技艺上的轻松裕如。文德勒巧妙地选取了“第一首完美的诗”作为这个议题的切入点。这就像为每位诗人找到了能够撬动其整体写作面貌的一个支点，虽然不是对四位诗人的总体研究，但是文德勒是在熟悉每个诗人完整的诗歌生涯的前提下，考察他们早期艰苦卓绝的努力的。这种全局眼光使文德勒能够从弥尔顿的《耶诞颂歌》中看出未来在《失乐园》里将会淋漓尽致地发挥的时空拓展与形式掌控，也能够在

《杜鹃花小径上的厄勒克特拉》与《边缘》之间看到普拉斯的挽歌书写的语调变化及其内在精神的成长。虽然聚焦于“第一首完美的诗作”，但文德勒以之为原点建立起一个坐标，以每位诗人的人生成长和诗艺的成熟为横向与纵向轴，因而在其绘出的图表中，我们可以清晰地看到代表着诗人的心智与诗艺的，明确的发展趋向和丰满度。

作者选择的这四位诗人是英语文学史上得到充分经典化了的诗人，文德勒在展开“诗人的成年”这一话题时，与相关的既有研究进行对话与商榷，从而使她的论述更具针对性与说服力。学界一般认为，弥尔顿的第一首大师之作是《耶诞颂歌》，而在文德勒看来，这首诗虽具有无可争辩的优点，但文本在形式上的捉襟见肘与其雄心难相匹配。《快乐的人》才是弥尔顿第一首完美之诗。作于同一时期的《快乐的人》与《幽思的人》究竟应该被当成一对姊妹诗篇来释读，还是视为两个个体分别对待更合适，文德勒给出了她充分而恰当的理由。在艾略特的章节中，文德勒由学界对这位诗人的早期作品的新汇编《三月兔》入手，考察艾略特在学徒期多样的言语风格实践。如何理解普拉斯晚期诗歌中所体现的自杀观念？经由文德勒结合具体文本的分析，普拉斯研究者们有争议的观点得到了反思与纠正。这些批评均建立在文德勒精准、细致和深入的诗歌分析的基础之上。这些都体现了文德勒对诗歌形式的敏感，对诗人作品的熟稔以及她那深挚的共情能力。

换个角度总结，《诗人的成年》提醒广大的青年诗歌写作者的，是需要在三个方面准备面临的自我挑战。第一，如何突破狭窄的“自我”，而不断扩展自身，无论是在诗歌中容纳更广阔的时空、更丰富的内容，还是去实践更多样的艺术技巧。这需要诗歌青年有自觉的意识，付诸行动，真正产生成效；第二，有准备地进行积极的自我训练，熬过漫长的学徒期，这也类似于里尔克关于孤独与忍耐的忠告；第三，如何通过写作实践摆脱艺术形式的陈规和他人的影响。在文德勒的论述中，四位诗人因人而异，各有侧重，但无一例外，要获得一种个人的风格，都必须实现对这三个方面的突破。诚然，相对于弥尔顿和艾略特而言，济慈与普拉斯的文学生涯是短暂的，而他们的诗歌成熟期也短促而耀眼，即便如此，济慈与普拉斯也经历了相当长久的学艺过程。文德勒考察了济慈年轻时主攻十四行体，以他的第一本诗集《诗集：1817》的出版为界，前后分别写下三十二首十四行诗，济慈创作的十四行诗现存六十四首，还不包括那些被他付之一炬的失败之作。文德勒在细察济慈通过十四行体实验来磨炼自己的诗艺时，发现了济慈诗歌实践的细微而丰富的过程，从不稳定（同一天写下的两首作品，一首精品，一首庸作）到精通，从不自觉到确定，不仅探幽入微，而且展现了济慈诗歌鲜活的感性。普拉斯生前编订自己的诗选时，时有变动，而她在日记中对自己的习作亦有明智的判断，文德勒提到，普拉斯在二十五岁前写下的“少作”竟达二百二十一首之多。

至此，必须提到的是，本书在翻译过程中，部分诗歌作品的翻译直接采用了前人的译本，而另外部分也参考了已有的译本。谨在此对这些译者前辈和合作译者表示敬意与感谢：弥尔顿的中文译者殷宝书、朱维之、赵瑞蕻等先生，济慈的中文译者查良铮、朱维基、屠岸、傅修延等先生，艾略特的中文译者查良铮、裘小龙、张子清等先生，普拉斯诗歌的译文合作译者、友人徐贞敏女士，波德莱尔一首诗的译者钱春绮先生。此外，也感谢在此书翻译过程中提供过帮助的陆建德先生，熊山卉女士,陈东飚先生。近些年,中文语境中已有多种普拉斯诗歌的新译本,而弥尔顿、济慈和艾略特的诗歌虽有经典的前译,但在我看来,当前也有待出现新的译本以重新激活他们诗歌的生机。

翻译本书于我也是一次学习和锻炼的过程,适逢海伦 · 文德勒女士的著作陆续译介而来,我也读了新近在国内翻译出版的她的五种著作,收获颇多。感谢邀请我翻译本书的魏东先生,没有他温和的督促,我的工作进展可能会相当缓慢。由于译者水平所限,译文中恐有疏漏错误之处,还请方家指正。

周　瓒

2021 年 6 月 15 日

著作权合同登记号桂图登字:20－2019－116 号

图书在版编目(CIP)数据

诗人的成年:弥尔顿,济慈,艾略特,普拉斯/(美)海伦·文德勒著;周瓒译.—桂林:广西师范大学出版社,2023.5
(文学纪念碑)
ISBN 978－7－5598－5823－8

Ⅰ.①诗… Ⅱ.①海… ②周… Ⅲ.①英文－诗歌评论－世界
Ⅳ.①I106.2

中国国家版本馆 CIP 数据核字(2023)第 052213 号

诗人的成年:弥尔顿,济慈,艾略特,普拉斯
SHIREN DE CHENGNIAN: MIERDUN, JICI, AILÜETE, PULASI

出 品 人:刘广汉　　策　　划:魏　东　　责任编辑:魏　东
助理编辑:程卫平　　装帧设计:赵　瑾

广西师范大学出版社出版发行
(广西桂林市五里店路 9 号　　邮政编码:541004
网址:http://www.bbtpress.com)
出版人:黄轩庄
全国新华书店经销
销售热线:021－65200318　021－31260822－898
山东临沂新华印刷物流集团有限责任公司印刷
(临沂高新技术产业开发区新华路 1 号　邮政编码:276017)
开本:787 mm×1 092 mm　1/32
印张:11.5　　字数:150 千字
2023 年 5 月第 1 版　　2023 年 5 月第 1 次印刷
定价:69.00 元